KB123929

로크미디어가
유혹하는
재미있는 세상
ROK MEDIA
로크미디어

이것이 삶이다

이것이 법이다 104

2021년 1월 5일 초판 1쇄 인쇄
2021년 1월 8일 초판 1쇄 발행

지은이 자카예프
발행인 이종주

총괄 김정수
경영 지원 배진경 임혜솔 송지유

기획 이기헌 왕소현 박경무 강민구
책임 편집 최전경

발행처 (주)로크미디어
출판등록 2003년 3월 24일
주소 서울시 마포구 성암로 330 DMC첨단산업센터 3층 318호, 319호
Tel (02)3273-5135 **편집** 070-7863-8592 **Fax** (02)3273-5134
홈페이지 rokmedia.com **E-mail** rokmedia@empas.com

값 8,000원

ISBN 979-11-354-8906-8 (104권)
ISBN 979-11-255-9575-5 04810 (세트)

작가와의 협의에 의해 인지는 생략합니다.
잘못된 책은 구입처에서 바꾸어 드립니다.

자카예프 장편소설

이 소설은 픽션입니다.
등장하는 인물 및 지명 등은 현실과 연관이 없습니다.
또한 소설 내에 나오는 법이나 법리 해석의 경우에도 대중문학의 극적 전개를 위하여 일부분 과장되거나 변형된 것이 존재하니 실제 법과 혼동하지 않으시길 바랍니다.

CONTENTS

싸움은 붙여야 제맛

"으아, 이런 미친 새끼들!"

마누엘은 눈이 뒤집어졌다.

뒤집어질 수밖에 없었다.

그가 받은 돈—정확히는 받았다고 멋대로 생각한 것이지만—은 분명 4,500만 페소였다. 하지만 다급하게 돌아와 돈 가방을 열었을 때 그가 본 것은 가방 아래쪽에 깔린 위조지폐였다.

그것도 파란색의 천 페소짜리로 컬러 복사한 종이들.

"이런 개 같은 새끼!"

마누엘은 지금 상황에 미칠 것 같았다.

그는 그곳에서 다른 파벌에 속해 있던 자들을 돌려보냈다.

만일 거기서 그들을 죽이면 그건 대놓고 전쟁을 시작하는 것이기 때문이다.

"이 개 같은 새끼, 날 속였어!"

그의 계획은 적당히 상납하고 나머지를 먹는 것이었다.

나쁘지 않은 계획이었다.

그렇게 하면 그도 나름 수익이 생기고 또 조직 내의 세력도 강해질 테니까.

그런데 문제는 그 돈이 위조지폐라는 것이다.

"개 같은 자식! 그 망할 한국 놈이 날……!"

부족한 돈은 무려 3천만 페소. 그 돈이 빈다는 걸 알면 조직에서 그를 의심하지 않을 리가 없다.

"젠장…… 차라리 거기서 세어 봤어야 했는데."

가방을 열었을 때 그 안에 가득한 파란색을 본 그는 눈이 돌아가서 누군가 빼돌릴까 두려운 나머지 황급히 가방을 들고 왔다.

당연하게도 다른 파벌에 속해 있는 놈들은 그걸 봤다.

그러니 그놈들이 보기에 이 가방에는 진짜 돈으로 가득 차 있었을 것이다.

물론 노형진은 그걸 노리고 돈을 고의적으로 컬러 인쇄를 한 것이다.

얼핏 보기에는 진짜 돈이지만 사실 재질이 워낙 다르기 때문에 위폐로라도 쓸 수가 없는 수준.

그나마도 한 면만 인쇄가 되어 있어서 몰래 쓸 수도 없었다.
“이런 개 같은…….”
마누엘은 사색이 된 얼굴을 부여잡았다.
이 상황을 어떻게 증명할지가 문제였으니까.
“혀…… 형님! 이거 큰일 났습니다! 이거 위에서 오해하면 우리는 다 죽습니다!”
“알아! 그 한국 놈이 우리 죽으라고 함정을 판 거야.”
마누엘은 이를 박박 갈면서 말했다.
“지금이라도 조직에 가서 이야기를 해야 합니다! 그러지 않으면 우린 다 죽습니다!”
“알아. 안다고, 이 새끼야!”
마누엘은 이를 악물며 일어났다.
“이거 모조리 들고 가서 사실대로 말하면, 어쩌면 용서해 줄지도 모릅니다.”
“용서? 용서? 하!”
그가 용서받을 일은 없다. 그가 잘못한 건 없으니까.
그런데 용서를 받아야 한단다.
‘이런 개 같은 경우가 있을 수가.’
물론 지금 상황에서 이 돈을 가지고 가면, 어쩌면 이해는 해 줄지도 모른다.
하지만 그렇다고 해서 마누엘에 대한 의심을 위에서 풀 가능성은 높지 않다.

'가장 좋은 거라고 해 봐야 돈을 모조리 털어 가고 내가 조직에서 축출되는 정도겠지.'

그게 최선이다.

물론 지금 가지고 있는 것 정도는 가지고 가게 해 줄 것이다.

문제는 돈이 아니다.

'쫓겨나면…… 난 죽는다.'

그는 수년간 다운엔젤의 청소부 노릇을 했다.

그 상황에서 축출된다는 건 다운엔젤의 보호에서 벗어난다는 소리이며, 이는 즉 그가 누군가에게 죽을지도 모른다는 뜻이다.

아니, 죽는다.

마누엘이 조용히 움직이기는 했지만, 알 만한 놈은 다 아니까.

"끄응…… 끄응……."

결국 자신을 축출하지 말아 달라고 마누엘이 직접 빌어야 한다.

그래야 살 수 있다.

"젠장."

자신은 잘못한 게 하나도 없는데 빌고 권력을 잃어야 한다는 사실에 그는 속이 미친 듯이 쓰렸다.

"형님, 배달이 왔다는데요."

"뭐? 배달?"

그렇게 한창 자신의 처지를 비관하고 있을 때 배달이 왔다는 말을 들은 그는 고개를 갸웃했다.

"그게 무슨 소리야? 배달이라니? 나 시킨 거 없어. 그리고 작은 거면 그냥 가지고 와."

"작은 게 아니어서요."

"작은 게 아니라고?"

마누엘은 왠지 불안했다.

자신이 시킨 게 없는데 부하가 보고하러 올 정도로 큰 배달 물건이라니?

"가 보자."

마누엘은 불안감에 서둘러서 내려갔다.

밖으로 나가 보니 커다란 트럭이 와 있고 거기에서 큰 짐들을 내리고 있었다.

"뭐야? 이게 뭔지는 알고 받는 거야?"

"형님이 시킨 거 아니에요?"

"이런 미친 새끼가."

그의 개인 짐 같은 경우에는 부하들더러 알아서 하라고 한 적이 많다 보니 부하들이 그의 배달 물품이라는 말에 무조건 들여보내는 중이었던 것이다.

마누엘은 눈을 찌푸리면서 박스를 열었다.

그리고 내용물을 본 순간, 뚜껑을 재빨리 닫아 버렸다.

"대장?"

"이런…… 개 같은 새끼들."

마누엘은 이를 빠드득 갈더니 안으로 들어갔다.

그리고 뚜껑을 확 열었다.

박스를 전부 열었을 때, 마누엘은 자신이 벗어날 수가 없다는 사실을 알았다.

"이 미친 새끼가……."

박스 안에 들어 있는 건 총이었다.

그것도 AK 소총.

그는 그걸 쓰지 않는다. 쓸 이유가 없다.

그가 죽인다고 해 봐야 한두 명이니까.

하지만 수십 정의 소총이 박스째로 안으로 들어왔다.

'누군가 봤다면…….'

자신을 의심하지 않을 수가 없다.

"이거는 방탄복 아니야?"

돈이 생기고 갑자기 배달된 AK 소총과 방탄복.

바보가 아닌 이상에야 조직에서 그를 살려 둘 리가 없다.

하지만 그의 고난은 아직 끝나지 않았다.

"형님, 이거…… 가짜인데요?"

"뭐?"

"가짜입니다. 다 가짜예요."

다급하게 박스 안의 무기를 꺼내어 살펴보는 부하들.

소총뿐만 아니라 수류탄, 심지어 방탄복도 있었다. 그런데 그 모두가 가짜였다.

"얼핏 보면 진짜 같기는 한데요."

하지만 들어 보면 확실히 알 수 있다. 플라스틱으로 만든 가짜다.

수류탄도 마찬가지.

단 하나, 전신 방탄복들만 진짜였다.

"제대로 당했어."

지금쯤이면 파벌들이 소식을 들었을 것이다.

다운엔젤은 거대한 조직이고 수많은 파벌이 있다.

당연히 다른 파벌 안에 감시를 위해서 스파이를 심어 두는 것은 기본 중의 기본이다.

자신도 그러는데 다른 놈들이 그러지 않을 리가 없다.

아마도 그 스파이 놈은 잽싸게 이걸 보고했을 것이다.

물론 이게 가짜라고 보고했다면 편하겠지만, 워낙 정교하게 만들어서 자세하게 살피기 전에는 진짜처럼 보였다.

안 그래도 돈에 관련된 소문이 돌기 시작하면 빈 돈이 문제가 될 수밖에 없다. 그런데 주문한 적도 없는 무기와 방어구가 왔다.

더 무서운 건 빈 박스들이었다.

"이 빈 박스들은 뭐지요?"

부하들은 떨떠름한 표정으로 말했다.

이유가 있겠지만 그들은 알 수가 없으니까.

“내가 이 박스에 총이 없었다는 걸 증명하지 못하게 하려는 거야.”

“네?”

청소부라고 해서 바보는 아니다.

도리어 이 무식한 곳에서 몰래 살인을 하면서 버티려면 머리가 좋아야 한다.

그리고 마누엘은 충분히 머리가 좋았다.

“내가 이 장난감을 가지고 가서 속은 거라고 말하는 걸 막으려는 거라고!”

장난감 총을 꺼내서 집어 던지는 마누엘.

“이걸 가지고 간다고 해도, 숫자가 부족하잖아!”

박스가 애초에 비어 있었는지 안에 든 것을 빼돌렸는지 조직에서 어떻게 알겠는가.

빈 박스가 이렇게 많이 왔으니 당연히 전체 박스 숫자와 총기의 숫자가 맞을 리가 없고, 그렇다면 조직에서는 의심을 하지 않을 수가 없다.

‘아마도 내가 가짜 총을 조금 가지고 와서 자신들을 속인다고 생각하겠지.’

변명이 길어지고 많아질수록 위에서는 의심만 더 늘어난다.

그리고 그 무성한 의심을 없앨 방법은, 이 나라에서는 하나뿐이다.

바로 마누엘을 죽이는 것.

"개 같은 상황이야."

결국 살기 위해서라도 마누엘이 반역을 할 수밖에 없게 만든 것이다.

"당장 크리스에게 전화해."

"네? 크리스라면……."

마누엘이 그를 부르는 의도는 하나뿐이다.

"어쩔 수 없이 싸워야 한다."

마누엘은 이를 빠드득 갈았다.

⚖

"벌써 이렇게 될 줄은 몰랐는데? 아무래도 제가 마누엘의 충성심을 너무 과대평가한 모양이네요."

그가 무기를 사 모은다는 사실을 알아차린 노형진은 혀를 끌끌 찼다.

하지만 하메스는 혀를 내두를 수밖에 없었다.

"벌써요? 지금 도망갈 길을 안 주셨잖습니까?"

"네, 합법적으로는 말이지요."

노형진이 한 행동 중에서 불법은 협박 정도밖에 없을 것이다.

장난감을 보낸 것도 합법이고, 돈을 준 것도 합법이니까.

"필요하면 약간의 불법을 더하려고 했지요."

"약간의?"

"네. 가령 조직의 보스에게 총을 쏜다든가."

"네에?"

"만일 자신에게 총알이 날아온다면 그는 누가 공격했는지 찾을 테니까요."

그리고 아무리 마누엘이 잘 변명했다고 해도, 현 상황에서 가장 의심스러운 것은 누가 봐도 마누엘이다.

현재 다운엔젤에 공격을 가할 만한 조직은 남아 있지 않으니까.

물론 다른 지역의 조직이 왔을 수도 있지만, 그들이 보스에게 다짜고짜 총질을 할까? 그럴 가능성은 낮다.

"그러니까 마누엘이 더 의심스럽겠지요."

"한국에서는 다 이런 식으로 일을 처리합니까?"

눈을 크게 뜨는 하메스.

이런 황당한 방식의 처리 방식은 필리핀에서는 본 적이 없으니까.

"아니요. 제가 이상한 겁니다. 제가 좀 특이하지요. 필리핀에도 좀 특이한 변호사는 있지 않습니까?"

"아, 음…… 일반 변호사와 좀 다른 사람들이 있기는 하지요."

하메스는 묘한 표정으로 말했다.

"하지만 그런 변호사들은 보통 그냥 킬러를 보내는 걸 선호합니다."

"제가 말한 건 그런 게 아니었는데요."

노형진은 살포시 웃으며 말했다.

“변호사의 가장 큰 능력은 법을 가지고 노는 겁니다. 애매한 상황을 이용해서 상대방에게 큰 타격을 주는 것이 변호사의 능력이지요.”

법을 가지고 방어를 하는 건 누구나 할 수 있는 일이다.

하지만 그 법의 허점을 이용해서 이익을 창출하는 것은 상위 1%에 해당하는 변호사들만의 능력이다.

“그렇다고 해도 이렇게 쉽게 내분을 일으킬 줄은 몰랐는데요.”

“쉽지는 않지요. 일반적인 사람이라면 이런 작전은 못 쓸 겁니다.”

일단 들어간 돈이 적지 않으니까.

마누엘에게 지급한 1,500만 페소. 한화로 치면 약 3억 이상이다.

거기에다 이것저것 다른 돈도 들어갔다.

“돈이 있는 사람이 아니면 못 쓸 방법이지요.”

“물론 돈이 있다고 해도 못 쓸 방법입니다.”

돈이 있다고 그 돈으로 킬러를 고용했다면 당장 그날 저녁에 그 의뢰인이 죽었을 것이다.

하지만 노형진은 절묘하게 내분을 유도함으로써 누구에게도 피해를 입히지 않으면서 그들이 자멸하게 만들었다.

“그나저나 누가 이길 거라 생각하십니까?”

노형진에게 질문을 받은 하메스는 턱을 스윽 문질렀다.

이미 싸움이 벌어졌고, 그들이 싸우게 되기는 할 것이다.

“아마도 기존 지도부가 더 유리하겠지요.”

“어째서요? 무기와 방어구는 마누엘 쪽이 더 유리하지 않습니까?”

“그건 그렇지요. 하지만 사실 기존 지도부도 AK 소총 정도는 보유하고 있을 겁니다. 다만 크게 쓰지 않을 뿐이고요. 아시겠지만…….”

“필리핀은 내전 중인 국가이니까요.”

노형진은 알고 있다는 듯 고개를 끄덕거렸다.

관광지로 유명하고, 워낙 내전 세력이 약한 데다 또 국지적으로 남부 지방에서만 벌어지고 있어서 사람들이 신경을 잘 못 쓸 뿐이지, 필리핀은 분명 내전 중인 국가다.

“그렇죠. 그 정도 무기를 구하는 건 어려운 일이 아닙니다.”

“하긴 권총을 들고 다니는데 그 정도 무기를 못 구할 리가 없기는 하지요.”

하메스의 말에 노형진은 고개를 끄덕거리면서 말했다.

“물론 마누엘이 방탄조끼 같은 걸 산다면 좀 비등해질 겁니다.”

반군이나 이런 갱단은 화력에 집중하는 타입인지라 방어구에는 그다지 신경 쓰지 않는다.

속된 말로 AK 소총 드르륵 갈겨 버리면 어지간한 사람들

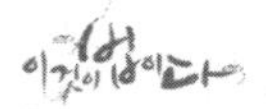

은 다 죽을 수밖에 없다.

"좀 잔인하게 말하면, 필리핀에서는 방어구가 사람 목숨보다 비쌉니다."

큰 갱단에 들어가면 돈 좀 만지고 싶어 하는 범죄자들이 넘쳐 난다.

그렇다 보니 원하면 언제든지 무기와 인원을 구할 수 있다. 그것도 공짜로 말이다.

"하지만 방어구는 비쌉니다. 아시겠지만요."

"압니다."

AK 소총의 경우 이미 사방에 설계도가 뿌려져 있고 구조 자체가 단순해서, 기술만 어느 정도 있으면 철공소에서도 만들어 낼 수 있다.

그에 반해 방탄복, 특히나 소총탄을 막아 낼 수 있는 방탄복은 철저하게 과학과 기술의 산물이기에 수제작이 불가능하다.

당장 방탄복의 기본 섬유는 케블라 섬유인데, 그건 미국에서 쉽게 수출하는 물건이 아니다.

물론 일반 옷감 속에 철판을 넣어서 만들 수는 있겠지만, 그러면 무게가 수십 킬로그램을 훌쩍 넘겨서 움직이기도 힘들어진다.

"그래서 제가 방탄복은 진짜로 보낸 겁니다."

돈을 줘도 살 수 없는 게 방탄복이다.

하지만 그게 충분히 지원되었으니 마누엘은 헛짓거리할 생각을 할 수밖에 없다.

"더군다나 진짜 방탄복을 상부에 제공하면, 상부에서 마누엘을 믿을까요?"

누군가가 자신을 포섭하면서 무기는 가짜로 보냈는데 방탄복은 진짜로 보냈다?

"수뇌부가 그걸 믿을 리가 없지요."

노형진은 코웃음을 치며 말했다.

"그랬나요? 노 변호사님이 더 무서워지는군요. 어찌 되었건 결론만 말씀드리면 마누엘이 불리합니다. 마누엘 측은 숫자가 부족하니까요."

방탄복이라고 해서 소총탄을 완벽하게 막아 내지는 못한다.

물론 그런 방탄복이 있기는 하지만, 그건 방탄복이라기보다는 방탄 갑옷에 가깝다.

만일 방탄복을 입은 채로 소총탄을 맞는다면, 운이 좋으면 주먹으로 강하게 맞는 정도의 대미지가, 운이 나쁘면 갈비뼈를 부러트리는 정도의 대미지가 들어온다.

"하지만 보내 준 방탄복이 그렇게 좋은 건 아니지 않습니까?"

"그건 그렇지요."

그들에게 보낸 방탄복은 좋은 게 아니다.

물론 소총탄을 막아 내고 목숨을 건질 수는 있겠지만, 게임에서처럼 그걸 입고 총알을 몸으로 받아 내면서 움직이는 것은 불가능하다.

“그리고 그 방탄복들은 돈이 있다면 언제든지 구할 수 있지요.”

즉, 다운엔젤의 수뇌부가 돈 때문에 그 방탄복을 부하들에게 제공하지 않기는 하지만, 자기들이 불리하다고 생각되면 언제든지 뿌릴 수도 있다는 소리였다.

“단기적으로 보면 마누엘이 유리하겠지만 장기적으로 보면 불리합니다.”

“그렇겠군요.”

노형진은 고개를 끄덕거렸다.

대부분의 경우 이런 상황이라면 일이 그렇게 진행된다.

“그러면 다른 방식으로 일이 돌아간다면 어떨까요?”

“다른 방식이라면……?”

“만일 마누엘이 수뇌부의 집을 안다면요?”

“네?”

“마누엘이 수뇌부의 집을 압니까?”

“당연히 모릅니다. 아무래도 필리핀은 안정적인 나라는 아니니까요.”

아래에서 반역을 할 수도 있고 또 다른 조직이 습격을 할 수도 있다.

그래서 대부분 자기 집을 감춘다.

물론 중간 보스급이 아닌 최상급 보스의 집이야 알겠지만,

중간 보스들의 집은 비밀인 경우가 많다.

마치 마누엘의 집처럼 말이다.

"여기에 그들의 주소가 있습니다."

노형진은 씩 웃으며 종이를 한 장 건넸다.

하메스는 노형진이 건넨 걸 보고 얼굴이 핼쑥해졌다.

"내부에서부터 흔들 생각이시군요."

상부가 날아가 버리면 아무리 다운엔젤이라고 해도 대혼란이 닥치게 될 것이다.

"정보력은 우리가 훨씬 낫지요."

단순 폭력 조직인 다운엔젤이야 정보의 효용성이 낮지만 자신들에게는 정보가 무기다.

당장 중간 보스들의 집이 습격당하면 몇 명이 살아남을지 모르지만 저항은 쉽지 않을 것이다.

"죽여 버려!"

마누엘의 자택에 도착한 우편. 그 우편에는 주요 중간 보스들의 주소가 적혀 있었다.

대보스의 집은 워낙 보안이 치밀해서, 아무리 마누엘이라고 해도 습격할 수가 없다.

저택 옥상에 중기관총까지 있으니 이런 방탄복이 있다고

해도 소용없다.

하지만 다른 중간 보스의 집은 그 정도는 아니며 최대 무기가 AK 소총 정도이기 때문에 충분히 습격할 수 있었다.

"죽여! 이 새끼들 모조리 죽여!"

자신들에게 권총을 갈기는 경호원들에게 마누엘은 섬광탄을 던져 넣었다.

'펑!' 소리와 함께 모조리 쓰러졌고 그사이 부하들이 우르르 들어갔다.

"역시 대장."

마누엘은 필리핀의 군인 출신이다.

그것도 나름 특수부대 출신 장교였다.

돈 때문에 이 바닥으로 들어왔지만, 다른 놈들과 비교할 수 있는 수준은 아니었다.

"마누엘! 이 자식! 죽여 버리겠어!"

안으로 들어간 부하들은 금방 누군가를 끌고 바깥으로 나왔다.

중간 보스인 클락이었다.

"반역을 하고도 네가 멀쩡할 줄 알아!"

"그러지 않아도 내가 멀쩡할 것 같지는 않은데, 클락. 당하는 게 네가 처음이라고 생각하나?"

"뭐?"

"이미 다 알아, 이 새끼야."

클락은 입을 다물었다.

그럴 수밖에 없는 게, 4,500만 페소라는 돈에 눈이 멀어서 다른 중간 보스들과 함께 마누엘을 습격할 계획을 세우고 있었기 때문이다.

"먼저 습격한 곳에서 이미 다 들었다, 이 개 같은 새끼들아."

마누엘은 이를 박박 갈면서 그의 머리에 총을 들이밀었다.

"자, 잠깐! 그만 멈춰!"

"내가 왜?"

"나랑 협상을 하자! 협상! 만일 나를 놔준다면 내 딸을 주지. 어떤가?"

마누엘이 피식 웃었다.

전이라면 좋다고 받아들였겠지만 이제는 아니다.

"아, 네 딸?"

그는 씩 웃으면서 고개를 돌렸다.

그의 시선이 향한 곳에는 반쯤 해롱거리면서 나오는 여자가 있었다.

"아빠."

"안젤리카."

클락이 뭐라고 하기도 전에 마누엘은 안젤리카를 조준하고는 그대로 방아쇠를 당겼다.

'탕!' 하는 소리와 함께 안젤리카의 몸이 무너져 내렸다.

"안 돼! 이 악마 같은 새끼! 죽여 버릴 거야! 죽여 버릴 거야!"

딸이 쓰러지자 눈이 돌아간 클락의 고함 소리.

"마약쟁이는 필요 없어."

안젤리카가 중간 보스의 돈으로 마약을 한다는 건 널리 알려진 사실이다.

상황이 이 지경이 되었는데 그런 그녀가 마음에 들 리가 없다.

"잘 가라고, 멍청아."

"네놈을 죽어서도 저주하겠다."

클락은 이를 악물며 말했고, 그런 클락에게 마누엘은 방아쇠를 당겼다.

탕!

품 안으로 총을 갈무리한 마누엘은 부하를 돌아보았다.

"여기는 끝났군. 다른 곳은?"

"다른 곳은 대충 정리되었답니다. 다만 로버트가 이끌고 간 곳이 아직 연락이…… 아, 전화 왔네요."

"가면서 받지."

"네."

고개를 끄덕거린 마누엘.

이 난리를 피웠으니 경찰이 몰려올 것이다.

물론 자기들도 겁이 나니 천천히 오기는 하겠지만, 어찌 되었건 길게 있어 봐야 좋을 건 없다.

"거기 정리되면 다른 구역도 정리하라고 해."

"……."

"왜 말을 안 해?"

"……."

"야, 왜 말을 안 해? 로버트 이 새끼가 당했대?"

마누엘은 눈을 찌푸렸다.

그러면 계획이 틀어진다.

그는 병력이 너무나 적다. 최대한 빠른 시간 내에 빠르게 공격을 해야 한다.

그런데 벌써 손실이 생기면…….

"대, 대장……."

"응? 왜?"

"그…… 주소가 틀렸답니다."

"뭐? 엉뚱한 집이래? 그러면 어쩔 수 없지."

엉뚱한 피해자가 생겼겠지만, 그건 어쩔 수 없는 일이다.

중요한 건 자신이 승리하고 살아남는 거니까.

"그, 그게…… 습격한 집이……."

"뭔데? 표정이 왜 그래?"

"오, 오르냐 장군 집이랍니다."

순간 마누엘의 얼굴이 새파랗게 변했다.

그리고 온몸이 와들와들 떨리기 시작했다.

"오르냐 장군은 필리핀에서도 부패한 장군으로 소문이 났습니다. 권력욕도 강하고요. 반군에게 몰래 무기를 공급한다는 소문도 있습니다."

"알고 있습니다."

때때로, 돈 때문에 해서는 안 되는 짓을 하는 놈들이 있다.

그래서 남베트남이 북베트남에 패배했고, 심지어 2차대전 당시에 독일이 그렇게 유태인을 학살했는데 그런 독일에 물자를 팔던 유태인도 있었다.

"그런 그의 집을 습격했으니 다운엔젤은 끝장난 겁니다."

아무리 갱단이 커진다고 해도 절대 건드려서 안 되는 것이 바로 군대다.

물론 브라질같이 막장 상태가 된다면 모를까, 필리핀은 그 정도까지는 아니니까.

"더군다나 필리핀군은 현재 권력이 강하지요."

필리핀 입장에서는 전쟁 중인 상황이다 보니 당연히 군대의 실권이 강해질 수밖에 없다.

그런 상황에서 장군의 집이 습격당했다? 그러면 그 화력이 어디로 향할지는 뻔하다.

"군이 투입되면 다운엔젤은 끝장날 겁니다."

하메스는 혀를 내두르며 말했다.

"물론 그때까지는 시간이 좀 걸릴 겁니다."

노형진은 느긋하게 말했다.

"아마도 마누엘은 머리를 쓰겠지요. 습격한 놈들이 다운엔젤의 수뇌부 쪽인 것으로요."

"그게 가능할까요?"

"가능합니다. 마누엘은 군 출신입니다. 아는 사람들이 있겠지요. 그러니 그들에게 해당 정보를 주면 분명 군은 그걸 인지할 겁니다."

실제로 마누엘의 부하들도 다운엔젤 소속이다.

다만 그들이 마누엘의 부하인지 자세하게 조사하려면 오래 걸린다는 것이 문제다.

습격자들은 완벽하게 무장하고 갔으니까.

"현재 군에서는 마누엘이 그 정도 무장을 할 능력이 없다고 생각할 겁니다."

다운엔젤의 수뇌부에 정보가 들어가게 꾸몄지만 그건 현재로써는 군 내부에서는 모르는 정보이고, 그들이 아는 건 다운엔젤이 공격했다는 것뿐이다.

"마누엘은 바보가 아닙니다. 나름 머리를 쓰겠지요. 제가 그렇게 몰아가고 있기는 합니다만."

애초에 오르냐 장군의 주소를 몰래 넣어 둔 것도 노형진이다.

다른 주소가 다 맞으면 대부분 방심하고 습격하기 마련이다.

하지만 상대방은 장군.

이제 다운엔젤의 수명은 얼마 남지 않았다.

"이제 복수가 얼마 남지 않았습니다."

"당장 군을 출동시켜! 그 새끼들 모조리 다 죽여!"

오르냐는 흥분해서 길길이 날뛰었다.

그럴 수밖에 없는 게, 자신에게 총질을 한 미친놈들이 있었으니까.

다행히 그는 켕기는 게 많은 탓에 집에 안전한 내부 벙커를 만들어 뒀고, 그래서 피살을 피할 수 있었다.

자신을 습격한 미친놈들이 누군지 안 그는 눈이 돌아갔다.

"그 다운엔젤인지 뭔지 하는 새끼들이 미쳤다고 감히 나를 공격해?"

왜 공격했는지, 진실은 무엇인지는 그에게 중요한 게 아니었다.

중요한 건 다운엔젤이 그를 공격했고, 그 바람에 그의 집이 전소되어 버렸다는 것이다.

오르냐가 안전한 대피소로 숨어 버리자 다운엔젤에서 그를 죽이겠다고 불을 지른 것이다.

만일 대피소에 공기정화장치와 내부 순환 장치가 없었다면 그는 벙커 안에서 질식해서 죽었을 것이다.

"마누엘의 말로는 그들이 남부의 IS 반군과 손잡았다고 합니다."

"미친 새끼들! 그런 놈들을 그냥 둬? 경찰은 뭐 하는 거야!"

"그 지역에서 워낙 그들의 세력이 강하다 보니 통제가 쉽지 않다고……."

"그게 말이 돼! 그게 말이 되냐고! 당장 군을 동원해! 가서 그놈들 싹 죽여 버려!"

그렇게 오르냐는 흥분을 감추지 못했다.

⚖

한편, 마누엘은 입술을 깨물고 있었다.

"이런 개 같은! 이 한국 놈은 도대체 뭐야?"

그의 모든 움직임이 그 작자의 손아귀에 있었다. 그를 이용해서 모든 걸 뒤흔들고 있는 것이다.

이제 다운엔젤은 끝장났다고 봐야 한다.

벌써 보스의 집에는 탱크가 들어가서 보스를 끌어냈다.

보스는 중기관총으로 저항했지만, 아무리 중기관총이 있다고 해도 탱크에 비빌 수는 없었다.

당연히 중기관총 진지는 한 방에 날아갔고, 보스는 개가 처맞듯이 맞으면서 끌려 나왔다.

"으으…… 씨발……."

그리고 남은 건 마누엘 그뿐이다.

일단 조직을 꼰질러서 살아남았지만, 조사가 시작되면 습격한 것은 그라는 사실이 드러날 테고 그는 죽을 수밖에 없다.

"어쩌지요, 보스?"

"어쩌기는 뭘 어째? 당연히 도망가야지. 지금 상황에 살아남을 수 있을 거라고 생각해?"

그나마 다행인 것은 정부와 군대는 마누엘을 제보자로 알고 있다는 것이다. 그러니 딱히 뭔가 하지 않았다.

"지금이라도 가진 걸 챙겨서 튀어야 해. 베트남이나…… 어디 다른 곳으로라도……."

진실이 알려지기 전에 그는 도망갈 생각을 했다.

"다른 놈들은요?"

"너, 우리가 다 살 수 있을 거라 생각하냐?"

"그건……."

자신의 오른팔을 보고 진지하게 말하는 마누엘.

그러자 부하는 말을 못 했다.

상황이 이래서는 다 살아남을 수가 없다.

"그리고 그놈들 중 한 놈이라도 우리가 습격했다는 걸 꼰지르면? 그러면?"

"……."

당연히 자신들은 죽는다.

"짐 챙겨. 최대한 챙겨. 어차피 얼마 남지도 않았잖아."

실제로 군부에서 다운엔젤에 대한 공격을 시작하자마자 상당수 조직원들은 다급하게 도망갔다.

갱단이 아무리 강해 봐야 군대를 이길 수는 없으니까.

이미 다른 파벌의 조직원들은 끌려 나와서 대놓고 현장에서 총살되고 있는 판국인데 그걸 보면서 마누엘의 아래에 붙어 있는 놈은 없었다.

실제로 습격한 건 마누엘이라는 걸 부하들은 아니까.

“당장 이곳을 뜨자. 지금까지 얻은 것만으로도 우리는 충분히 살 수 있어.”

마누엘은 다급하게 짐을 챙기며 말했다.

“더 이상 그 한국 놈에게 당할 수는 없어!”

그는 이를 박박 갈았다.

더 이상 이용당하면서 살 수는 없다.

애초에 현 상황에서 필리핀에 남으면 살아남을 수가 없다. 눈 가리고 아웅도 단 며칠 수준이니까.

“일단은 베트남으로 갔다가 미국이나 유럽 쪽으로 도망을…….”

말을 하던 마누엘은 돌연 들려오는 ‘쨍그랑!’ 소리에 고개를 돌렸다.

그 소리가 난 쪽은 창문 쪽이었는데, 창문 안으로 날아들어 오는 뭔가가 보였다.

그걸 본 마누엘은 비명을 질렀다.

"엎드려!"

하지만 상대방은 똑똑했다.

미리 지연신관을 태운 상태로 투척했고, 그가 인식하는 순간 허공에 있던 섬광탄이 그대로 터져 나갔다.

'펑!' 소리와 함께 세상이 하얗게 변해 버리더니 마치 시간이 멈춘 것처럼 고정되어 버렸다.

"끄아악!"

얼마 남지 않은 부하들 역시 그 충격에 그대로 쓰러졌고 마누엘은 정신을 제대로 차리지 못하고 바닥만 박박 기었다.

그리고 얼마 되지 않아서 바닥에서 진동이 느껴졌다.

아무것도 보이지도 들리지도 않았지만, 그는 자신에게 무슨 일이 벌어졌는지 알 수 있었다.

몰려든 사람들이 그와 부하들을 강제로 일으켜 세워서 묶은 것이다.

얼마나 흘렀을까.

희미하게 세상이 보이면서 멍하지만 목소리가 들렸다.

"한국에는 이런 말이 있지요, 토사구팽이라고."

흐릿하게 보이는 얼굴.

그리고 작게나마 들리는 익숙한 목소리.

"네놈은……."

한국인 변호사, 그 미친놈이 여기 있었다.

곧이어 시력이 완전히 돌아오면서 마누엘은 주변을 살필

수 있었다.

사방을 에워싸고 있는 레드라인의 경호원들.

"그게 무슨 뜻이냐면, 사냥이 끝나면 사냥개를 삶아 먹는다는 뜻입니다."

노형진은 묶인 채 바닥에 앉아 있는 마누엘 앞에 의자를 끌어다 놓고 앉은 뒤 그를 내려다보았다.

"이 개 같은 새끼! 도대체 노리는 게 뭐야!"

그는 마누엘에게 다운엔젤을 손에 넣어 달라고 했다.

그런데 지금 상황은 다운엔젤을 손에 넣는 게 아니라 다운엔젤 자체를 날려 버렸다.

과연 다운엔젤이 얼마나 살아남을지 예상조차 안 될 수준이었다.

저항하면 당연히 총에 맞아 죽을 테고, 설사 총 맞지 않았다고 해도 지옥이라 불리는 감옥에 가서 얼마나 죽을지 예상도 안 되었다.

"내가 원하는 거 말인가요? 다운엔젤의 파멸이지요."

"다운엔젤의 파멸……."

"권무진 씨에 대해 알고 계시지 않습니까?"

"……."

"설마 당하고도 조용히 넘어갈 거라 생각했습니까?"

노형진의 말에 마누엘은 이를 빠드득 갈았다.

하지만 그가 할 수 있는 건 없었다. 이제 모든 게 사라졌으니까.

"물론 당신은 살려 줄 수 있지요."

"뭐?"

마누엘은 고개를 번쩍 들었다.

"대신 당신이 가지고 있는 모든 것은 우리가 가지고 가겠지만요."

마누엘은 보스들의 집에 가서 돈이 될 만한 건 모조리 들고 왔다. 당연하게도 그 안에는 계좌도 포함되었다.

"어마어마하군요."

노형진은 통장을 보면서 피식 웃었다.

그건 다름 아닌 한국을 대상으로 보이스 피싱을 해서 번 돈이었다.

그 돈이 무려 수십억이었다.

"너…… 이 개 같은 새끼."

"물론 개 같은 새끼이기는 하지요, 당신 입장에서는. 하지만 제 입장에서는 당신이 개 같은 새끼입니다. 원한도 없는 사람을 돈 받고 죽이지 않았습니까?"

마누엘은 입을 다물었다. 그 말이 사실이니까.

"물론 아직 기회는 있습니다."

노형진은 사람들에게 잔뜩 쌓여 있는 돈과 계좌 그리고 금괴와 보석까지 모조리 챙기라고 말한 뒤 마누엘을 바라보며 그렇게 말했다.

"무슨 소리야!"

"권무진, 그를 죽이라고 한 사람과 그에 대한 증거를 넘긴다면 여기서 당신을 풀어 주지요."

"뭐?"

"그리고 마흔여덟 시간 동안 당신의 위치를 정부에 알리지 않겠습니다."

마누엘은 입을 꾸욱 다물었다.

"아니면 그냥 바로 넘기는 것도 방법이지요. 아마 필리핀 정부에서 적절한 고문으로 정보를 캐내지 않을까요?"

"크윽……."

마누엘은 부정할 수가 없었다.

노형진의 말대로다. 그를 고문할 사람들은 넘치고 넘친다.

반역자에게 자비를 베풀 정도로 필리핀 군부가 자비롭지는 않다.

"관련 증거를 넘기면 마흔여덟 시간 동안 당신은 도망갈 수 있습니다."

노형진의 말에 마누엘은 이를 빠드득 갈았다.

하지만 노형진의 손아귀에서 벗어날 방법은 없었다.

그리고 마흔여덟 시간이면 충분히 해외로 도망갈 수 있는 시간이다.

"마흔여덟 시간……. 알았다."

노형진의 말에 결국 마누엘은 관련 정보를 넘길 수밖에 없었다.

“3층에 있는 금고에 있다. 비밀번호는 30323442.”

노형진이 경호원에게 손짓을 하자 그는 3층으로 올라가서 내용물을 가지고 왔다.

그걸 본 노형진은 미소를 지었다.

“빙고.”

이체해 온 계좌 내역과 기타 정보들이 있었다.

‘다만 직접적으로 조재성과 연관된 건 없군.’

당연하다면 당연하다.

의뢰를 받은 건 마누엘이 아니라 다운엔젤이고, 마누엘은 청소부일 뿐이니까.

“좋습니다. 그러면 이쯤에서 끝내도록 하지요.”

노형진이 눈짓을 하자 누군가가 그를 풀어 줬다.

그리고 그를 일으켜 세웠다.

“앞으로 마흔여덟 시간입니다.”

“다른 사람은?”

마누엘은 고개를 돌려서 자신의 부하들을 바라보았다.

간절한 표정으로 자신을 바라보는 부하들.

“방금 1분 지났습니다. 47시간 59분 남았네요.”

“뭐?”

“아까 말했지요, ‘당신의 위치’를 알려 주지 않는다고. 하지만 다른 사람들에 대해서는 언급한 기억이 없는데요?”

"이런…… 개……."

끝까지 그는 이용당한 것이다.

마누엘은 이를 박박 갈았지만 저항할 수는 없었다.

"다시 1분 지났습니다. 시간이 넘친다고 생각하신다면, 뭐."

노형진은 어깨를 으쓱했다. 자신은 상관없다는 듯 말이다.

그러자 마누엘은 고개를 돌려서 부하들을 바라보았다.

"대장."

"보스!"

부하들은 애타는 목소리로 마누엘을 불렀다.

여기에 남으면 살아남은 다운엔젤의 조직원에게 죽거나 군대에 죽거나 지옥 같은 감옥으로 가거나 셋 중 하나다.

"제발…… 보스……!"

"보스!"

애타는 부하들의 고함 소리.

노형진은 그런 상황을 보면서 피식 웃었다.

"숨겨 둔 돈이 이들을 다 데리고 도망갈 만큼 충분한가요? 물론 1인당 1만 달러씩만 낸다면 풀어 줄 의사도 있습니다만."

마누엘은 다시 한번 부하들을 바라보았다. 그리고 힘들게 비적거리면서 입구를 향해 나가기 시작했다.

"이…… 이럴 수가……."

"보스! 보스!"

"이 씨발 새끼야!"

버려졌다는 사실에 부하들은 비명을 질렀지만 노형진은 그저 웃을 뿐이었다.

"앞으로 47시간 55분입니다, 하하하."

⚖

"잔혹하시네요."

하메스는 울부짖는 부하들을 두고 나오면서 혀를 내둘렀다.

노형진이 수를 쓸 거라고는 생각했지만 이런 식이리라고는 생각하지 못했으니까.

"어찌 되었건 추적에 필요한 자료는 얻었으니까요."

'충분한 돈도 말이지.'

노형진은 그렇게 말하면서 서류를 확인했다.

이걸 추적하다 보면 조재성이 나올 거라는 걸 그는 확신할 수 있었다.

"그런데 정작 살인범인 마누엘은 도망가지 않았습니까? 약간 아쉽네요."

하메스는 안타깝다는 듯 말했다.

마누엘은 도망갔고, 권무진을 죽인 데 대한 처벌도 면했다.

"전혀 아닌데요."

"네? 하지만 마흔여덟 시간 동안 그의 위치를 공개하지 않기로 하지 않았습니까?"

하메스는 이해가 안 간다는 듯 말했다.
그 시간이면 마누엘은 충분히 도망을 가고도 남는다.
"맞습니다. 그랬지요. 하지만 거기에는 말장난이 숨겨져 있습니다."
"말장난요?"
"마누엘이 어디에 숨었는지 제가 어떻게 알겠습니까?"
"네?"
"그를 추적할 것도 아니고, 또 그가 추적을 당할 만큼 만만한 놈도 아니고요."
노형진은 어깨를 으쓱했다.
"말해 주고 싶어도 말해 줄 수가 없지요."
"그, 그건 그러네요."
실제로 마누엘은 집에서 나가자마자 사라졌다. 그러니 추적도 힘들다.
"하지만 전 그의 위치를 마흔여덟 시간 동안 공개하지 않기로 했지, 부하들의 위치도 공개하지 않는다고는 안 했습니다."
"그게 무슨 말씀이십니까?"
노형진은 힐끔 시계를 보았다.
"지금쯤 마누엘의 집에 잡아 둔 부하들이 잡혔을 겁니다. 제가 군부대에 부하들이 거기에 있다고 했거든요."
"네에?"
"그러면 재미있는 일이 벌어지지요. 과연 부하들이 뭐라

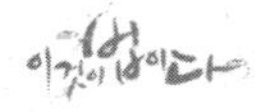

고 할까요?"

"허……."

그들은 눈앞에서 마누엘이 자신들을 버리고 가 버리는 걸 봤다.

그러니 마누엘을 용서할 수가 없을 것이다.

더군다나 마누엘이 없으면 모든 죄를 자신들이 뒤집어쓰게 된다.

"아마도 마누엘에 대해 모든 걸 다 말할 겁니다."

그가 쓰던 가짜 신분, 돈의 은닉 장소, 안전 가옥까지 말이다.

"물론 그 안에는 범죄 내역도 들어가지요."

즉, 마누엘이 저지른 장군 습격 사건도 포함된다는 소리다.

"그게 무슨 의미인지 아시겠습니까? 마누엘은 필리핀을 떠나지 못한다는 겁니다."

숨겨 둔 돈을 꺼내서 비행기라도 예약하려고 할 때쯤이면 출국 금지가 떨어질 테고, 그는 필리핀 정부와 살아남은 갱단 양쪽에서 똑같이 쫓기게 될 것이다.

"완벽하게 복수하신 셈이군요."

단순히 살인자가 아니라 그 살인을 행한 조직을 붕괴시키고 모조리 죽이거나 감옥으로 넣어 버렸다.

"아직은 아닙니다."

"아직은 아니라고요?"

"네, 아직은 아닙니다."
노형진은 고개를 돌려서 한국 쪽을 바라보았다.
"가징 큰 의뢰인이 남아 있으니까요."
노형진의 눈빛은 불타고 있었다.

복수의 완결

"아무리 봐도 이상합니다. 이건 조작 흔적이 없어요."

필리핀에서 노형진이 사건을 정리하는 사이 한국에서도 손을 놓고 기다리기만 한 것은 아니었다.

이번 사건의 가장 큰 쟁점은 권무진이 조재성에게 자신의 특허권을 넘긴 것이다. 당연하게도 그 당시 동영상 그리고 계약서까지, 그사이에 모조리 조사했다.

하지만 조작 흔적은 보이지 않았다.

"동영상 부분이 문제입니다."

고문학은 노형진에게 동영상을 다시 보여 주면서 말했다.

"동영상을 조작했다면 그에 대한 결과가 나왔어야 합니다. 하지만 대학 연구소에서는 조작되지 않은 영상이라고 확신했습니다."

"그래요?"

"네."

"혹시 그 전에 계약할 때의 영상을 조작한 것은?"

"그것도 아닙니다."

이전에 계약한 시기는 계절도 다르고 따라서 복장도 다르다.

심지어 당사자인 권무진의 체중도 상당히 달랐다.

그때는 상당히 깡마른 타입이었는데 최근에는 일선에서 은퇴하고 쉬엄쉬엄 여행을 다니면서 상당히 살이 쪘다.

"그러니 그 당시 영상으로 조작하는 건 불가능합니다. 아니, 조작이야 가능하겠지만 연구소의 분석까지 피할 정도로 완벽하게 할 수는 없습니다."

"으음……."

즉, 조작의 가능성은 제로라는 것이다.

"화면 내에 있는 계약서의 내용은요?"

화면에서 보면 그 계약서를 들고 웃고 있는 장면이 있다.

그러니 혹시나 자신들이 모르는 다른 계약의 촬영본일 수도 있다는 생각에 노형진이 물어보자 고문학은 고개를 흔들었다.

"화면을 클로즈업해서 확인해 봤습니다. 물론 완벽하게 문구가 보이지는 않습니다만 단어의 배치, 주요 단어의 선택 등을 보면 분명 같은 계약서입니다."

"그래요?"

노형진은 턱을 문질렀다.

결과적으로 동영상은 진짜라는 거다.

'이러면 나가리인데.'

진짜 동영상이라면 그가 아무리 계약 무효 소송을 건다고 해도 이길 수가 없다.

물론 마누엘에게 받아 온 증거가 있기는 하지만 현재로써는 조재성에게 직접 연결되는 증거가 없다.

그러니 이쪽에서 조재성을 추적해야 하는 상황이다.

"도장 쪽은요?"

"애석하게도 도장이 아닙니다."

"네?"

"도장이 아닙니다. 도장이라고 하면 어디서 가짜로 판 걸 증명할 수 있을 텐데, 사인이었습니다."

"사인요?"

"네. 요즘은 보통 사인으로 대체하니까요."

과거에는 도장이 더 안전했지만 지금은 사인이 더 안전해졌다.

과거에는 손으로 도장을 파는 게 미세하게 다르기 때문에 위조 여부를 판별할 수 있었지만 지금은 컴퓨터로 계측해서 파 버리기 때문에 사인이 더 안전하다.

"사인이란 말이지요."

"네."

노형진은 살짝 눈을 찌푸렸다.

확실히 곤란한 상황이다.

'마누엘의 파일을 검찰에 넘겼으니 그 건에 대해서는 홍보석 검사가 알아서 하겠지만…….'

애석하게도 이 건은 오광훈이 담당하기에는 좀 복잡한 사건이기에 사건 담당으로 홍보석이 낙점되었고, 그녀는 지금 받은 자료를 기반으로 추적 중이다.

'문제는 이 서류들인데.'

노형진은 몇 번이고 몇 번이고 화면을 뚫어지게 바라보았다.

확실히 이상한 것도 없고 조작으로 보이는 약간의 불량도 없다.

'물론 현대 기술이 발전하기는 했지만…….'

영화관에서 영화를 보면 알겠지만 CG를 보면 아주 리얼리티가 넘친다. 그러니 사람들의 눈을 속일 수 있는 영상은 있을 수 있다.

'하지만 대학 내부에서 컴퓨터를 통해 조사하는 것까지 속일 수는 없을 텐데.'

차라리 화려하고 오버스러운 영상이라면 속이기 쉽다.

하지만 이건 정적이고 변동도 별로 없는 영상이다.

조작을 하면 티가 나기 쉽다.

'이건 말도 안 되는데. 진짜로 권무진이 특허권을 넘긴 건가?'

하지만 그럴 가능성은 제로다.

소송 중인 사건도 취하하지 않은 상태에서 계약을 진행할 리가 없다.

'남은 건 조재성이 속였다는 건데.'

노형진은 동영상 속에서 웃고 있는 권무진을 멍하니 바라보았다.

그는 진짜로 웃고 있었다. 진짜로…….

"어?"

노형진은 문득 기이한 위화감을 느꼈다.

웃고 있는 권무진.

"웃어?"

물론 좋은 계약을 하면서 웃을 수는 있다.

하지만 이건 좋은 계약도 아니고 웃을 상황도 아니었다.

아니, 어쨌거나 계약은 계약이니 웃을 수는 있겠지만…….

'이상해.'

노형진은 그 장면을 캡처해서 인터넷에 있는 얼굴 분석 프로그램에 넣었다.

모 기업에서 만든 프로그램으로, 공짜는 아니지만 그 정도 돈을 못 쓰지는 않는다.

보통은 재미 삼아서 하지만 말이다.

"이게 가능한가?"

입은 웃고 있다.

하지만 거기에서 나온 수치는 중립이 50% 정도다.

그러니까 입은 웃고 있지만 다른 감정은 거의 없다는 것이다.

"그러니까 비즈니스 미소라는 건데……."

물론 돈을 벌어야 하고 웃어야 하는 직장인에게 비즈니스 미소는 당연한 일이라고 할 수도 있다.

하지만 자기 일이다. 그런데 중립이 가능할까?

'그건 불가능해.'

설사 강제로 계약을 하는 거라 해도 부정적인 감정이 드러나야지, 저렇게 중립적인 표정은 짓지 못한다.

'다른 게 있다는 건데.'

노형진은 그렇게 한참 사진을 바라보다가 문득 좋은 생각이 들었다.

그는 바로 권송아에게 전화를 걸었다.

—노 변호사님, 이 시간에 어쩐 일이세요?

"권송아 씨. 혹시 아버님 사진 가진 거 있습니까?"

—아버지 사진요? 사진이야 당연히 많지요.

"그중에 이빨을 드러내고 웃는 사진이 있나요? 가능하면 최근 사진으로요."

—최근 사진이라고 하면…… 있기는 있어요. 아버지가 은퇴한 후에 여행을 많이 다니셨으니까.

"그걸 가지고 내일 2시쯤 한국대 앞으로 오십시오. 어쩌면 방법이 있을지도 모르겠습니다."

노형진은 전화를 끊으면서 눈을 빛냈다.
“드디어 잡았다.”

⚖

다음 날, 권송아는 노형진의 말대로 사진을 들고 한국대 앞으로 왔다.

혹시 몰라서 여러 장의 사진을 들고 왔는데, 노형진은 그걸 가지고 자신들과 함께 일하는 연구실로 향했다.

그들은 그 사진과 영상에서 캡처한 사진을 비교하고는 혀를 내둘렀다.

“다르군요.”

“역시! 잡았어!”

“다르다니요? 뭐가요?”

권송아는 당황에서 물었다.

그녀의 눈에는 다른 게 없어 보였으니까.

“치열이 다릅니다.”

“치열요?”

“네. 신원 미상의 죽은 이가 누구인지 알아낼 때 많이 쓰는 방법이 치열 확인입니다. 사람의 이빨은 다 다르게 나니까요. 지문 이상으로 다른 게 치열입니다.”

노형진은 그렇게 말하면서 화면을 가리켰다.

"보다시피 컴퓨터는 각 이빨의 폭, 간격 그리고 거리를 자동으로 측정합니다. 둘 다 웃고 있지만……."

"다르군요."

그제야 권송아는 그 사진이 뭐가 다른 건지 알아차렸다.

아버지의 치열과 영상 속 남자의 치열은 완벽하게 달랐다.

"어, 어떻게……?"

"영상을 조작했다고 우리는 의심했지요. 그렇지만 우리가 생각하지 못한 건, 그 영상이 진짜라는 겁니다."

"네? 진짜라고요?"

"네. 우리는 영상을 분석할 때 각 영상의 픽셀과 화면의 일그러짐 등등 여러 가지를 확인하지요."

그게 변동되면 조작이라고 생각한다.

"하지만 정작 화면 자체에 집중하다 보니 사람에 대해서는 신경을 잘 쓰지 않습니다. 현대에 와서는 워낙 과학기술이 발달해서 그걸 확인하는 것도 쉬운 게 아니거든요."

"그건 알고 있어요. 영화도 많이 봤으니까."

"그런데 그것만큼이나 발전한 게 바로 분장 기술입니다."

과거처럼 두껍고 인위적인 가면을 뒤집어쓰는 것이 아니라 아주 얇은 마스크를 쓰는 것이다. 이런 것으로 분장하고 연기하면 거의 티가 나지 않는다.

"아버님은 과거에 비해 살이 좀 찌셨지요. 당연히 얼굴도 둥그런 편이 되었구요. 가면 하나 뒤집어쓰는 것은 어려운 일도 아니었을 겁니다."

권송아는 자신도 모르게 입을 다물었다.

"그 말은……?"

"이 사람이 진짜 아버지가 아닐 수도 있다는 거지요. 아니, 아닐 겁니다. 이걸 보세요."

노형진은 지난번에 감정을 읽어 내는 프로그램의 기록을 인쇄한 종이를 꺼냈다.

"보다시피 이 분석 프로그램대로라면 중립적 감정이 50%입니다. 그런데 현실적으로 그건 불가능하지요."

자기 일인데 그럴 수는 없다.

"하지만 가면이라면 가능합니다."

분석 프로그램은 얼굴의 미묘한 근육 움직임을 읽어 내어서 분석한다.

사람들은 그 차이를 모르지만, 컴퓨터는 안다.

"그런데 가면이라면 그 미묘한 차이를 표현할 수 없습니다."

아주 얇은 가면이라고 해도 불가능하다.

왜냐하면, 아무리 잘 붙인다고 해도 근육은 근육이고 껍데기는 껍데기니까.

"근육이 움직이질 않으니 무표정해지지요."

당연히 컴퓨터는 그걸 중립 또는 평온으로 판단한다.

"그렇다면 그 영상은 실제로 아버님이 찍힌 영상을 조작한 게 아니지요."

아예 가짜로 제작한 것이지, 원본을 편집한 것이 아니다.

"그런데 우리는 조작만 생각했으니 알아차리지 못했던 거지요."

상대방은 그 점을 영악하게 이용해서 가짜 배우를 써서 진짜 영상을 만들어 낸 것이다.

"그런……."

권송아는 너무 당황해서 아무런 말도 못 하고 멍하니 화면만 바라보았다.

그때 영상을 분석했던 담당자가 고개를 갸웃했다.

"하지만 그래도 이해가 안 가는 부분이 있는데요."

"네?"

"여전히 사인이 남아 있지 않습니까? 이런 말 하면 그렇지만, 제가 분석했을 때 사인은 진짜였습니다. 이미 권무진 씨의 사인을 받아서 벌써 몇 번이나 비교해 봤는걸요."

그런데 사인은 똑같았다.

즉, 사인도 위조한 게 아니라면 진짜라는 거다.

"일단 영상 부분은 그렇다고 해도, 사인이 진짜인 이상 그게 가짜 계약서라는 주장은 법원에서 먹히지 않을 겁니다."

노형진은 고개를 끄덕거렸다.

"맞습니다. 사인은 진짜처럼 보일 겁니다. 하지만 그게 문제지요."

"네?"

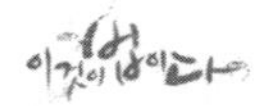

"한국에는 아직 별로 없지만 서양 쪽에는 전통적인 범죄자가 있습니다."

"전통적인 범죄자요?"

"네. 바로 사인 위조범이지요."

"사인 위조범?"

"한국은 사인 문화로 넘어온 지 얼마 되지 않았습니다. 그 전에는 도장 문화였고, 실제로 지금도 대부분의 중요 표시는 도장으로 하고 있지요."

담당자는 고개를 끄덕거렸다. 사실이니까.

"그래서 정작 사인 위조에 대한 정확한 분석 전문가가 많지 않습니다."

담당자는 얼굴이 확 붉어졌다.

"확실히 저는 사인 분석 전문가는 아니라고 생각합니다만, 그래도 나름 자신하는 분야인데요."

"그러면 필압 점검은 해 보셨습니까?"

"피…… 필압 점검요?"

"네. 외국의 전문가들은 필압도 점검합니다. 사람의 근력은 다 다릅니다. 아주 미세하지만 필압이 달라지지요."

노형진은 그렇게 말하면서 사진을 확대했다.

아주 똑같이 된 사인이다.

"확실히 사인의 형태 자체는 아주 비슷합니다."

"그런데요?"

"하지만 마지막 부분이 좀 다르지요."

노형진은 끝부분을 확대했다.

"보다시피 마지막 부분에서, 볼펜에서 힘이 약간 빠진 듯한 느낌이 있지요?"

"어, 그런가요? 저는 잘……."

연구원은 그걸 보면서 고개를 갸웃했다.

그가 보기에는 비슷했으니까.

"비슷합니다. 하지만 미묘하게 다르지요."

노형진은 사인에 관한 연구에 대해서는 그 연구원보다는 좀 더 알고 있다.

그럴 수밖에 없는 게, 미국은 사인 문화권이고 민사소송에서 가장 큰 핵심은 사인의 복제 여부 판별이었으니까.

'그래서 내가 좀 배웠지.'

물론 진짜로 구분해 낼 수 있을 정도로 전문적으로 배운 건 아니다. 하지만 아주 기본적인 수준은 배웠다.

"이런 부분은 버릇이 나타나는 부분이지요."

"버릇요?"

"네. 사인 복제를 하는 놈들은 수백 수천 번의 연습을 통해 원본과 최대한 비슷하게 해냅니다. 하지만 무의식적으로 나오는 버릇까지 따라 하기는 힘들지요."

가령 사인하고 나서 꼭 끝에다가 점을 찍는 버릇을 가진 사람이 있다면, 그런 건 사인 복제 범죄자들도 충분히 복제

할 수 있다.

“하지만 어떤 사람들은 마지막 순간에 휘갈기듯 쓰는 동시에 살짝 끝부분을 빼면서 힘을 약하게 하기도 합니다. 약간 사인을 날려 쓴다는 느낌으로요.”

“그래요?”

“그건 확실하게 보이지 않기 때문에 실력이 안되는 복제 기술자들은 잘 모릅니다.”

노형진이 회귀 전에 했던 사건 중 하나가 그래서 걸렸다.

원래 주인은 사인을 마지막에 날리는 버릇이 있었는데 서류에는 그런 흔적이 없었던 것.

“그런 경우에는 필압이 달라집니다. 끝부분은 비슷하지만 볼펜에 눌리는 압력이 달라지는 거지요. 날리듯이 해 버리니까. 비유하자면 앞부분은 눌러서 쓴 거지만 뒷부분은 칠해서 쓴 것 같은 느낌이랄까요.”

“으음, 잠시만요.”

뭔지 알 것 같다는 표정을 한 연구원은 사인을 가지고 와서는 전자현미경으로 확대를 하기 시작했다.

그리고 이내 눈을 반짝거렸다.

“오! 확실히 다르네요! 작게 봤을 때는 몰랐는데.”

필압이 강해지면 잉크는 더 나오기 마련이다.

특히나 날리듯이 마지막에 쳐서 올리면, 아주 미세하게 잉크가 칠해지듯이 발려서 끝부분이 미묘하게 흐려진다.

"하지만 계약서에 있는 잉크는 처음부터 끝까지 농도가 같군요."

"남의 사인을 복제하기 위해서는 정성스럽게 천천히 써야 하니까요. 그러니 처음부터 끝까지 동일한 필압이 나오지요."

그래서 끝부분도 다른 부분과 동일했다.

전자현미경으로 확대해 보지 않았다면 몰랐을 부분이다.

"보통 필체 대조는 특정 단어의 모양, 사용법 그리고 표현법 등을 이용해서 분석합니다. 그리고 누군가는 그걸 따라 할 수 있지요."

막말로 위작을 놓고도 그게 진짜라고 판단할 수 있는 게 인간이다. 단순히 몇 글자 따라 하는 것은 그다지 어려운 일이 아니었다.

"그러면 이 경우는 가짜라는 소리군요."

연구원은 심각한 표정으로 턱을 문질렀다.

"하지만 여기 보면 사인하는 장면이 있는데요."

권송아는 고개를 갸웃하면서 말했다.

분명 화면에는 사인하는 장면이 있다. 그런데 아무리 봐도 공들여서 사인을 복제하는 것 같지는 않았다.

"그건 심리적 함정이지요."

"심리적 함정?"

"저 사인한 계약서를 집어 들 때까지 계약서 내부가 보이나요?"

"그건……."

안 보인다.

테이블에 놓여 있는 상태에서는 계약서의 내용이 보일 수가 없다.

"미리 사인되어 있었다고 해도 당연히 그걸 확인할 방법이 없지요."

사람들은 어디까지나 현장에서 사인이 이루어졌다고 볼 수밖에 없다.

"그런……."

"수백억짜리 사건입니다. 조재성이 뭔가 하려고 했다면 어설프게 하지는 않았을 겁니다."

그는 돈도 있고 똑똑한 사람이다. 기술이 아무리 좋다고 해도, 멍청하면 그 정도로 사업을 일으키지 못하니까.

"그러면 이걸 어떻게 증명하지요? 솔직히 말씀드리면 저희도 몇 번이나 이런 의뢰를 받아서 검사했습니다. 당연하지만 대부분의 결과에서 이런 부분에 대해 재판부는 잘 인정하지 않습니다."

사인이라는 것은 상황에 따라서도 달라질 수 있고 컨디션에 따라서도 달라질 수 있다.

그래서 대한민국의 재판부는 사인이 아주 다르지 않은 이상에야 어느 정도의 차이는 인정한다.

"그런 만큼 이걸 재판부에 가지고 간다고 해도 인정해 주지는 않을 겁니다. 분장 문제도 그렇고요."

얼마나 정교하게 만들었는지, 영상으로는 분장을 했다는 생각을 하는 것조차 불가능하다.

하긴 그게 뻔하게 보이면 문제가 안 될 것이다.

"더군다나 영상 자체도 전문 카메라로 찍은 것도 아니고요, 구형 핸드폰으로 찍은 영상입니다. 당연히 화질도 좋지 않아요. 그러니까 분장을 하고 촬영했다고 주장하기에는 한계가 있습니다. 물론 치열 문제는 확실히 생각해 보지 못한 문제이기는 합니다만."

연구원의 말에 노형진이 씩 웃었다.

"압니다. 하지만 저에게는 저들이 모르는 다른 증거가 있지요, 후후후."

노형진은 화면을 보면서 미소 지었다.

⚖

계약 부존재 소송에 들어가자 상대방은 당당하게 재판을 하러 나왔다.

"친애하는 재판장님, 이건 사실 원고 측이 단순히 피고 측에 대해 원한을 가지고 말도 안 되는 억지를 부리는 상황입니다. 물론 한때 피고 측이 원고 측의 아버지 권무진 씨와 법적인 공방이 있었던 것은 사실입니다. 하지만 화해하고 정식으로 새로운 계약을 한 상황입니다. 그런데 다짜고짜 계약 부존재 소송이라니요."

코웃음을 치는 변호사.

하긴 그는 동영상까지 있는데 질 리가 있겠느냐는 생각을 하고 왔을 것이다.

'쯧쯧, 현실도 모르고 나왔구먼.'

노형진은 상대방 변호사를 보면서 혀를 끌끌 찼다.

하긴 그도 미국에서의 경험이 없었다면 이런 복잡한 시스템은 몰랐을 것이다. 한국에는 이런 위조 사건이 많지 않으니까.

"재판장님, 일단 원고의 아버지 권무진 씨와 피고 조재성의 재판은 아직 종결된 게 아닙니다. 정확하게 말하면 그 당시 소송 중이었으나 권무진 씨가 사망함으로써 재판부에서 종결 처리한 겁니다."

정확하게는 재판 중에 권무진이 사망했으므로 권송아가 그 사건을 수계, 그러니까 상속처럼 넘겨받아서 이어 갈 수 있었다. 하지만 권송아는 법률적 경험이 부족한 상황에서 제대로 대응하지 못해 아차 하는 사이에 그 재판을 놓친 것이다.

"물론 그 부분에 대해서는 따로 재판을 청구할 생각입니다. 그 부분은 소송의 정당성의 문제가 아니라 피고 측이 그 당시에 지불했어야 하는 금액을 지급하지 않은 사건이니까요."

노형진은 차분하게 말을 이어 갔다.

그러자 상대방 변호사는 그런 부분을 파고들었다.

"그 부분에 대해 켕겨서 수계하지 않은 거 아닙니까?"

"단순 실수입니다. 그리고 그쪽에서 그 사건을 계속 물어뜯을 이유는 없을 텐데요? 엄밀하게 말하면 그 사건과 이번 사건은 전혀 관련 없는 것 아닌가요?"

그 사건은 받지 못한 돈에 대한 건이다.

그에 반해 이번 사건은, 그 이후에 조재성과 권무진이 체결한 계약의 정당성에 대한 문제다.

"인정합니다. 피고 측 변호인, 그 사건은 정식으로 합의가 이루어지지 않은 이상 이번 사건과 별개입니다. 그 사건을 자꾸 연계하지 마십시오."

판사는 노형진의 편을 들어 주었고, 상대방 변호사는 불편한 듯 괜스레 헛기침을 했다.

"좋습니다. 하지만 재판장님, 이미 관련 증거를 봐서 아시겠지만 저희 쪽에서는 계약서와 동영상까지 제출했습니다. 단순히 과거에 권무진과 사이가 불편했다는 이유로 계약을 부정당할 이유는 없다고 생각합니다. 일이라는 것은 비즈니스입니다. 서로가 불편하다고 해서 일을 하지 않고, 친하다고 해서 일을 하는 그런 게 아니란 말입니다. 현실적으로 피고 측이 그 당시 특허권자인 권무진과 금전적 트러블이 있었던 것은 사실이나, 그렇다고 해서 피고가 사업적 재능이 떨어져서 그동안 그 특허권을 쓸데없이 쓰거나 그걸 가지고 손해를 입힌 적은 없습니다."

그렇게 말한 피고 측 변호사는 원고석에 나와 있는 권송아를 보면서 피식하고 비웃음을 날렸다.

"아, 물론 감정적으로 일을 처리하는 여자분들에게는 그 부분이 이해가 가지 않을 수도 있지만 말입니다."

'얼씨구?'

보아하니 여자가 남자보다 더 감정적이라는 사회적 편견을 내세워 권송아에 대한 신뢰를 낮추려고 하는 게 뻔했다.

실제로 많은 여성들이 감정적인 이유로 소송을 많이 하니까.

'하지만 그건 남자도 마찬가지지.'

사실 재판의 기록을 보면 대부분의 재판에 감정이 안 들어갈 수가 없다.

그러나 사회적 편견을 이용해서 권송아에게 일종의 프레임을 씌우려는 게 뻔하게 보였다.

"아니, 내가 왜 감정적이라고……!"

발끈하려고 하는 권송아.

노형진은 그런 그녀를 말렸다. 그런 모습을 보여 줘 봐야 손해니까.

"재판장님, 그건 편견입니다. 지금 피고 측 변호인은 원고에게 부당한 이미지를 씌우고 있습니다. 이는 명백하게 성차별적 발언입니다."

"인정합니다. 피고 측 변호인, 특정 성별을 모욕하는 언사는 그만두세요."

"알겠습니다."

그러면서도 피고 측 변호사는 얼굴의 미소를 지우지 않았다.

'이미 편견을 뒤집어씌웠다 이거지.'

노형진도 가끔 그런 방식으로 상대방에게 엿을 먹인다.

나중에 안 하겠다고 한다 해서 이미 생긴 이미지가 사라지는 것은 아니다.

그렇다고 노형진이 판사를 바꿔 달라고 할 수도 없다.

한국은 판사 교체가 거의 이루어지지 않고, 설사 해 달라고 한다고 해도 판사는 그게 기분 나빠서 다른 판사에게 보복을 해 달라고 하기 때문에 도리어 노형진에게 불리해지는 경우가 많다.

"친애하는 재판장님, 저희는 그 영상을 수차례 분석했습니다. 그러나 그 영상이 가짜라는 확실한 증거를 찾을 순 없었습니다."

분장한 것이 의심되기는 하지만 애석하게도 감정 분석 프로그램은 법원에서 인정되지 않는 기술이다.

아무리 떠들어 봐야 어차피 인정되지도 않을 테니 노형진도 굳이 그걸 가지고 싸울 생각은 없었다. 대신 확실하게 싸울 수 있는 무기를 휘두를 생각이었다.

"하지만 저희는 해당 영상을 보다가 이상하다는 생각을 감추지 못했습니다. 저희가 제출한 증거 갑제 3-1을 봐 주시기 바랍니다. 해당 분석 사진은 기존 권무진과 영상 속에 있는 사람의 치열을 비교한 사진입니다. 그런데 그 치열이 서로 일치하지 않습니다."

노형진은 확대한 사진을 들어서 판사에게 들이밀면서 말했다.

"아무리 동영상이 조악하다고 하더라도 치열은 확실하게 인식할 수 있습니다. 보다시피 해당 치열은 약간 다른 정도가 아니라 아예 드러나는 치아의 숫자가 다릅니다. 이게 가능한 일이라고 생각하십니까?"

그러자 상대방 변호사는 나름 방어하려는 듯 목소리를 높였다.

"재판장님, 그 사진에 대한 분석은 잘못된 것입니다. 동영상에 있는 장면과 사진에 있는 장면은 촬영 각도에서부터 상황까지, 다 다릅니다."

"그래서 이미 같은 사진을 여러 개 가지고 비교했습니다만."

"그러나 그 모든 사진들이 다 클로즈업해서 찍지는 않았겠지요. 안 그렇습니까?"

노형진은 상대방이 방어하는 걸 보면서 혀를 끌끌 찼다.

'나름 열심히 준비하긴 했네.'

이미 노형진이 관련 증거를 저쪽에 보내 준 덕분에 저들은 나름의 변명을 준비해 온 모양이었다.

“하지만 확대해서 보면 아시겠지만, 치열이 완전히 다릅니다.”

“확대한 것이 잘못이라니까요. 확대하는 경우 컴퓨터가 그 치아의 치열을 잘못 해석할 수도 있습니다.”

“지금이 무슨 80년대인 줄 아십니까?”

노형진은 기가 막혔다.

물론 확대하면 사진의 화질이 떨어지는 것은 사실이다. 하지만 그렇다고 해서 사람의 치열을 확인 못할 정도는 아니다.

도리어 과학기술이 발달하면서, 후처리만 제대로 하면 제법 높은 화질의 사진을 뽑아낼 수 있다.

“이 사진을 보면 아시겠지만 원래 권무진은 가지런한 치열을 가지고 있습니다. 하지만 이 사진 속의 권무진은 치열이 가지런하지 않고 송곳니가 살짝 튀어나와 있기까지 합니다. 단순히 치열의 문제가 아니라 각 이빨의 치수가 다르다니까요.”

“그러니까 그건 보는 각도에 따른 차이일 뿐이라니까요.”

상대방은 시야 각도의 차이라고 주장하고 있었지만 판사는 약간은 의심하는 눈치였다.

‘의심스럽지 않을 리가 없지.’

권무진은 부잣집 자제로 태어나서 어릴 때 치아를 교정했다. 치아 교정 비용이 어마어마해서 치아 교정을 한 사람들이 드물던 시절에.

그러니 다른 사람과 치열이 차이가 확 날 수밖에 없다.

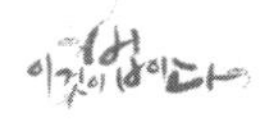

“재판장님, 본래 고르던 치열도 영상의 왜곡으로 인해 부정확하게 나올 수 있다는 것이 저희 생각입니다.”

“생각은 할 수 있습니다. 하지만 여기는 신성한 법정입니다. 당신네들 생각을 발표하는 발표회가 아니라 말입니다. 만일 뭔가를 주장하려면 그에 맞는 증거를 가지고 오세요! 증거를!”

노형진의 공격에 피고 측 변호사는 갑자기 뭔가를 꺼내 들었다.

“재판장님, 여기 학장대학교 영상학과 교수의 진술서가 있습니다. 여기 보면 아시겠지만, 영상을 무리하게 확대하면 치열과 같은 부정확한 지표가 왜곡 해석될 수 있다고 쓰여 있습니다.”

‘얼씨구? 학장대학교는 또 뭔 대학교야?’

노형진은 어이가 없어서 혀를 끌끌 찼다.

그는 한국대에다가 정식으로 의뢰를 했다. 그런데 학장대학교라니? 그런 대학교는 들어 본 적도 없었다.

‘뻔하군.’

어디 돈만 주면 뭐든 해 주는 대학교에 돈을 주고 저런 취지의 진술서를 써 달라고 한 것이다.

그런데 그 진술서가 또 완벽하게 거짓인 것은 아니다.

아무리 기술이 발달했어도 무리하게 확대하면 사진이 엉키는 것은 당연한 일이니까.

'하지만 그 무리한 확대의 수준이 다른 거지.'

기술이 발달할수록 그러한 확대의 한계는 계속 높아질 수밖에 없다.

그런데 상대방은 변론을 위해 그런 건 언급하지 않고 교수의 이름을 빌려서 확대하면 상이 틀어진다는 주장만 하고 있는 것이다.

'미리 내지 않은 걸 보니 완벽하게 반격을 했다 생각하는 모양인데.'

노형진 측에 미리 제출하지 않고 갑자기 꺼낸 증거다.

이는 즉, 자신들이 방어할 시간을 주지 않기 위해 갑자기 꺼냈다는 뜻이다.

'그렇게 나온다 이거지.'

노형진은 속으로 미소 지었다.

사실 이건 노형진이 원하는 방식이었다.

저쪽이 영상의 정당성을 주장하는 것. 그 정당성이 강해질수록 저들은 마지막 방어를 못 할 테니까.

'너만 그런 방법을 쓰는 게 아니지.'

노형진에게도 그러한 증거가 있으니까.

"그러면 피고 측은 이번 사건에서 일말의 조작도 없다고 주장하는 겁니까?"

"그렇습니다, 재판장님. 저희는 일말의 조작도 하지 않았습니다."

드디어 노형진이 원하던 말이 나왔다.

노형진은 이쯤에서 저들이 모르는 증거를 내놓기로 했다.

"좋습니다. 그러면 이 영상이 '완벽하게 올바른' 영상이라는 말씀이군요."

"맞습니다."

당당하게 말하는 피고 측 변호인.

"그러면 이 부분에 대해서는 어떻게 생각하십니까?"

노형진은 그렇게 말하면서 뭔가를 꺼내 들었다.

"그건 뭡니까?"

"해당 계약서에 사용된 잉크에 대한 분석입니다."

"잉크?"

피고 측 변호사는 어리둥절한 표정이 되었다.

그러나 노형진의 말이 계속 나올수록 그의 얼굴은 사정없이 일그러지기 시작했다.

"동영상이 조작되지 않았다는 피고 측의 주장을 그대로 인정한다면 말입니다. 해당 영상에서 사인에 사용된 볼펜은 N사에서 나온 최고급품입니다. 두께는 5밀리미터, 볼펜의 가격은 개당 103만 원입니다."

노형진은 그렇게 말하면서 미리 영상에서 확대해 놓은 볼펜의 사진을 내밀었다.

그걸 제출하는 것은 어렵지 않았다. 영상 내부에서 지속적으로 보였으니까.

"이 볼펜은 다른 볼펜과 다르게 볼펜 꽂이가 같이 제공되며 그 볼펜 꽂이가 현장에 비치되어 있기 때문에 혼란의 여지도 없습니다. 이미 이 영상을 가지고 해당 제작사에 문의했으며 해당 모델이 맞는다는 진술을 얻어 냈습니다."

노형진은 그렇게 말하고는 피고 측을 바라보면서 씩 웃었다.

상대방 변호사는 여전히 이해가 안 가는 듯 눈을 찌푸렸다.

'그렇겠지. 조재성 그놈이 다 이야기해 줬겠어?'

조재성은 사기를 친 게 확실하다. 그러니 자신의 변호사에 사실을 다 말했을 가능성은 낮다.

–의뢰인은 거짓말을 한다.

그게 노형진이 변호사들에게 하는 말이다.

믿어 주는 것과 별개로, 의뢰인은 자기에게 유리한 부분만 말하려고 하는 성향이 있다. 그러니 의뢰인의 말만 듣고 소송을 진행하지 말라는 거다.

하지만 대부분의 변호사들은 귀찮다고 의뢰인의 말만 듣고 의뢰를 진행하며, 그러다 지금 같은 상황에 빠지곤 한다.

"그런데 말입니다, 해당 계약서에 사용된 볼펜의 성분은 M 모사의 3밀리미터 볼펜입니다. 정가는 3천 원입니다."

"뭐요?"

피고 측 변호사의 얼굴이 한 방 맞은 것처럼 멍해졌다.

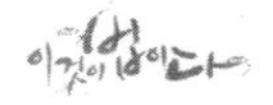

"두 볼펜의 가격 차는 무려 서른 배 이상입니다. 당연히 그 안에 들어가는 성분 역시 완벽하게 다르며, N 모사의 볼펜의 경우 유럽 수입 제품으로 제작 공장은 스위스에 있습니다."

노형진은 차분하게 말하면서 피고 측 변호사를 바라보았다.

"그리고 M 모사의 볼펜의 제작 공장은 중국에 있지요. 해당 볼펜의 성분은 극소량을 제외하고는 조성비가 완전히 다릅니다."

노형진이 가진 카운터, 그건 볼펜의 성분이었다.

'연습을 할 때 100만 원짜리 볼펜을 줄 리가 없지.'

애초에 저 볼펜은 저런 행사용이라서 최대한 고급스럽게 만들어진다.

'하지만 사인을 위조하려고 할 때 연습하는 건 그런 게 아니지.'

보통 가장 흔한 볼펜으로 한다.

물론 그것까지 준비해서 아주 치밀하게 분석하는 놈들도 있지만, 그건 추적술이 발달한 서양 쪽 이야기지 이제야 사인 문화가 정착되어 가고 있는 한국의 현실은 아니었다.

"그러니까 이 영상이 사실이라면, 사인에 사용된 볼펜의 잉크와 종이에 묻어 있는 잉크가 같아야 합니다. 하지만 볼펜의 규격도 다르고 잉크의 조성비 역시 다릅니다. 그러면 그 잉크는 어디서 왔을까요?"

"……."

상대방 변호사는 아무런 말도 하지 못했다.

이건 화질처럼 따질 수 있는 것도 아니다. 조금만 분석해 보면 답이 나오는 문제니까.

"이 영상에서는 계약서를 들기 이전까지 단 한 번도 계약서 내부가 보이지 않습니다. 그리고 계약 사인이 끝난 후에 계약서를 들어서 확인시켜 주지요. 즉, 그 이전에 이 계약서에 이미 사인이 되어 있었다고 해도 우리는 인지할 수 있는 방법이 없습니다. 그러면 여기서 이상한 생각이 들 수밖에 없습니다."

노형진은 잠깐 거기서 말을 멈추고 심호흡을 했다.

"왜, 당사자가 저기에 있다고 주장하시는데 굳이 계약서 사인을 미리 해 놔야 했을까요?"

노형진의 질문에 재판정에서는 침묵만이 흘렀다.

"완벽하게 한 방 먹인 것 같아요."

권송아는 나와서 주먹을 꽉 쥐었다.

치열에 대해서는 반격했던 피고 측 변호사도 잉크에 대해서는 반격을 못 했다.

할 수가 없었을 것이다.

갑작스럽게 이루어진 공격인 데다가 치열과 다르게 증명

할 방법이 확실한 사안이다 보니 상대방은 다음 기일까지 조사해 오겠다는 말 말고는 할 수 있는 게 없었다.

"아마 그쪽은 이제 입술이 바짝바짝 마를 겁니다."

노형진은 그렇게 말하면서 미소를 지었다.

"이쪽에서 그런 식으로 치고 들어갈 거라고는 생각도 안 했을 테니까요."

"이제 저 녀석들에게 드디어 복수를 하는군요."

권송아는 눈물이 났다.

물론 노형진 덕분에 직접 아버지를 죽인 다운엔젤이라는 조직이 와해된 것은 알고 있다. 하지만 그렇다고 해서 분노가 사라지는 것은 아니었다.

아버지를 죽이라고 한 놈은 조재성이었으니까.

"조재성은 얼마 못 갈 겁니다. 걱정하지 마세요. 이미 저희 쪽 검사가 그의 뒤를 캐고 있습니다. 제법 접근했다고 하더군요. 아직은 조용히 움직이고 있어서 그쪽에서 모르고 있기는 합니다만."

노형진은 자신 있게 말하면서 미소 지었다.

"우리도 나름 추적하고 있는 상황이고요."

"우리? 새론 말인가요? 하지만 방금 검사 측이 한다고 하지 않으셨나요?"

"맞습니다. 하지만 그건 형사적 부분이고요. 저희는 민사적 부분을 하고 있습니다."

"그게 무슨 말씀이지요?"

노형진은 권송아와 재판정에서 나오면서 차분하게 말했다.

그녀를 차에 태우고는 법원을 나오면서 노형진은 그녀에게 사건에 대한 사실을 복기해 줬다.

"전에 말했다시피 조재성은 누군가를 고용해 가면을 씌우고 연기를 시켰습니다. 그렇지요?"

"네, 맞아요."

"그런데 한국은 그런 면에서는 사실 불모지에 가깝습니다."

"네? 그게 무슨 말이지요?"

"한국은 히어로 무비가 없으니까요."

"히어로 무비?"

"네. 판타지 영화라고 표현해야 할까요? 미국의 영화들을 생각해 보세요. 그들은 가면을 쓴 여러 외계인들을 등장시킵니다."

그냥 완전히 다른 경우도 있지만 주연배우가 다른 종족으로 설정될 경우는 그렇게 꾸미는 데 상당한 공을 들인다.

"그러다 보니 가면을 만드는 데 상당한 기술력을 가지고 있지요."

"그건 그렇겠네요."

"그런데 한국에서 그런 가면을 쓰고 연기하는 영화가 한 해에 평균 몇 편이나 나옵니까?"

"그러니까……."

권송아는 어떻게 해서든 그런 영화를 생각해 내려다가 눈을 찌푸렸다.

"거의 없군요."

"네, 거의 없습니다."

물론 아예 없는 것은 아니다.

그러나 매년 나오는 영화를 보면 대부분 그냥 맨얼굴에 화장을 하고 연기한다. 가면을 쓰고 아예 다른 얼굴이나 다른 종족을 연기하는 경우는 거의 없다.

"그렇다 보니 정밀한 가면을 만드는 기술이 널리 퍼지지 않았지요."

말 그대로 해외에서 공부한, 상위 1%에 해당하는 제작자들만 그 기술을 가지고 있다.

"애초에 가면 제작자 자체가 거의 없습니다. 그중에서도 상위 1% 제작자들 숫자가 얼마나 되겠습니까?"

"많아야 열 명?"

"열 명요? 여기는 할리우드가 아닙니다. 많아야 세 명입니다, 후후후."

노형진은 웃으며 말했다.

그것도 최대한 넓게 잡은 것이다.

"물론 그 기술을 전수받은 사람의 숫자를 생각하면 좀 더 늘어나겠지만요. 그렇다고 해도 그 기술을 가지고 있는 사람은 거의 없을 겁니다. 장비까지 갖추고 있는 사람은 더더욱 없겠지요.”

기술의 발전은 장비의 발전이다.

얼굴에 맞춰 틀을 만들고 거기에 씌울 가면을 만들려면 그에 맞는 장비가 필요하다.

당연히 가면이 얇을수록 장비는 정밀해질 수밖에 없다.

“그리고 그 상위 1%를 찾는 것은 일도 아니지요.”

노형진은 느긋하게 말했다.

“그래서 오늘 가면 이야기를 하지 않은 겁니다. 그가 누군지 찾고 나서 터트리려고 말이지요. 그리고 그를 찾고 나서 터트리면, 아마 저쪽은 정신이 날아갈 겁니다, 후후후.”

가면을 벗어라

첩보 조직이 아닌 이상에야 결국 가면을 만드는 특수한 기술과 장비를 가지고 있는 곳은 영화판이 끝이다. 당연하게도 그 안에서 그런 기술을 가진 사람을 찾는 것은 어려운 일이 아니었다.

"흠…… 이거 확실히 가면을 쓴 것 같기는 한데요."

그곳에서 20년째 일하고 있는 홍술만은 영상을 보면서 고개를 갸웃하며 말했다.

"제가 만든 건 아닙니다. 하지만 이렇게 가면을 만들 수 있는 건 저 아니면 영덕이 그 사람뿐인데?"

"두 사람뿐인가요?"

"그렇다고 봐도 무방합니다."

홍술만은 고개를 끄덕거렸다.

"같이 미국으로 가서 공부하고 왔으니까요. 이 기술, 절대 쉬운 게 아닙니다. 얼굴에 딱 붙어서, 최소한의 감정 표현은 할 수 있게 해야 하거든요. 물론 그 이후에도 약간 CG가 들어가기는 해야겠지만요."

홍술만은 그렇게 말하면서 다시 영상을 돌려서 몇 번이나 권무진의 얼굴 상태를 확인했다.

"그러면 선생님이 만든 게 아니라면, 그 영덕이라는 분이 만들었다는 이야기로군요?"

"그럴 리가요. 우리는 프로입니다."

이런 가면은 범죄에 악용될 여지가 많다.

그래서 전문가들은 절대로 섣불리 만들어 주지 않는다.

"이런 가면을 만들려면 시나리오도 있어야 합니다. 그래야 대략적인 감정 라인이나 그 얼굴 상태를 표현할 수 있거든요. 그런 걸 이런 식으로 만들 리가 없는데……."

홍술만은 고개를 갸웃했다.

"그 영덕이라는 분은요?"

"주영덕입니다. 그 친구도 이걸 만들 리가 없어요."

"혹시 제작 기술을 가르쳐 준 분은요?"

"뭐, 저도 제자가 없는 건 아니지만요, 관련 장비는 제가 가지고 있어서 그걸 마음대로 쓰지는 못하는데……. 잠시만요. 제가 한번 영덕이에게 전화를 해 보지요."

그는 바로 그 자리에서 주영덕에게 전화를 했다.

"어, 난데. 그래, 잘 지냈지? 저기, 뭐 좀 물어보려고 하는데……."

얼마간 대화가 오간 뒤, 홍술만은 핸드폰을 스피커폰 상태로 전환했다.

그러자 송화기에서 주영덕의 목소리가 들렸다.

–나 주영덕이오. 일단 난 그런 거 만든 적 없소. 나도 자존심이 있는 사람이야!

화가 잔뜩 난 목소리였다.

노형진은 홍술만을 바라보았다.

"영덕이가 그걸 만들 이유가 없다니까 그러네."

–내가 그 기술을 할리우드에까지 가서 배우려고 들인 돈이 얼만데 고작 범죄에 쓸 가면을 만들어서 팔겠소? 당신 말마따나 그 기술을 가진 사람이라고 해 봐야 뻔한데.

노형진은 고개를 끄덕거렸다.

가면을 의심하는 순간부터 의심받는 건 그들일 테니까.

더군다나 이건 재활용이 가능한 가면도 아니다. 쓰다 보면 주름이 생기는데, 그러면 새로 만드는 수밖에 없다.

다리미로 밀어서 펼 수도 없는 물건이니 말이다.

"그러면 그 기술을 가르쳐 준 다른 사람은 없습니까?"

–없는 건 아니지만 그 장비는 내가 보관하고 있소.

홍술만과 똑같은 상황.

"그 장비에 접근할 수 있는 사람은요?"

—많지는 않소만.

"그중 요즘 상황이 좋지 않은 사람이 있습니까?"

주영덕은 잠깐 침묵을 지켰다.

그리고 노형진은 그 침묵에서 뭔가를 느꼈다.

"사실대로 말해 주셨으면 합니다. 이건 심각한 문제입니다. 만일 이 사실이 소문나면 주 사장님의 회사가 망할 수도 있습니다."

—…….

한참을 침묵을 지키던 주영덕은 조심스럽게 입을 열었다.

—처남이 좀 의심스럽기는 한데…….

"처남?"

—제대로 일도 못하고 취직도 못해서 우리 회사에 데리고 있소.

그런데 의외로 손재주가 있다고 한다.

그건 나쁘지 않다. 손재주가 있어서 기술을 제대로 배우면 그만큼 돈을 벌 수 있으니까.

—그런데 주식에 빠져서 말이지…….

주식에 꼬라박은 돈이 수억이라고 한다. 대부분은 날려 먹었고 말이다.

"그 사람, 주 사장님 장비에 접근할 수 있습니까?"

—아무래도 처남이니까…….

거기에다가 같이 일하다 보니 집에 들락거리는 게 이상한 일도 아니었다. 열쇠도 있고 말이다.

"그가 그 가면을 만들어 주었을 가능성은요?"

수화기 너머의 주영덕은 긴 한숨을 내쉬었다.

그리고 그의 행동에서 노형진은 알 수 있었다. 그 처남이라는 사람이라면 충분히 그런 행동을 할 수 있다는 것을 말이다.

"그 처남이라는 분, 어디서 만날 수 있습니까?"

노형진은 침묵이 흐르는 전화가 너머에 질문을 던졌다.

⚖

"흑흑흑."

노형진이 그 처남을 만나는 건 어렵지 않았다.

그는 돈 욕심도 많았지만 그 이상으로 겁도 많았다. 노형진이 그를 찾는다는 말에 그대로 주저앉았다.

"으음……."

주영덕은 신음 소리를 냈다.

"그러니까 횡령을 했다가 그걸 메꾸기 위해 어쩔 수 없이 만들었다?"

"미안해요, 매형. 엉엉엉."

주식 정보를 얻었는데 돈이 없었다. 하지만 그는 어떻게 해서든 투자하고 싶었다. 그래서 주영덕의 회사에서 돈을 몰래 빼냈는데 그 주식 정보는 소위 말하는 작업주였고, 결국 모조리 털렸다.

그 와중에 가면을 만들어 달라는 부탁이 들어오자 그는 돈을 메꾸기 위해 어쩔 수 없이 그 의뢰를 받았다는 것이다.

"허어!"

주영덕은 가슴이 답답해졌다.

혹시나 했더니 역시나였다.

"그러면 이 영상에 있는 가면은 당신이 만든 게 맞습니까?"

"네, 맞아요."

훌쩍거리며 말하는 처남.

"용도는 몰랐고요?"

"네, 몰랐어요. 살인까지 연관되어 있을 줄은……. 진짜예요."

처남은 혹시나 자신이 살인까지 뒤집어쓸까 봐 벌벌 떨면서 말했다.

노형진은 그런 그를 보면서 혀를 끌끌 찼다.

"그러니까 상황을 제대로 알아보고 일을 했어야지요."

"그냥 장난인 줄 알았어요……."

"세상에 5천만 원이나 주면서 장난삼아 가면을 만드는 사람이 어디 있습니까?"

"……."

노형진은 혀를 끌끌 찼지만 이미 상황은 벌어진 뒤였다.

다행스러운 점은 해결할 방법이 많다는 것이다.

"선생님, 한 번만 용서해 주십시오. 한 번만 용서해 주시면 제가 재판정에 가서 진술하겠습니다. 그러니까 한 번만…… 한 번만……."

처남의 말에 주영덕은 긴 한숨을 내쉬었다.

"이런 말 하기는 그렇지만, 미안합니다. 물론 처벌을 면하기는 힘들겠지만……."

주영덕은 어찌 되었건 가족이 감옥에 가게 둘 수는 없었다.

"아내는 벌써 앓아누웠습니다. 장인어른과 장모님도, 집을 내놔서라도 변호사를 사 주겠다고 하시고……. 미안합니다. 어떻게 안 되겠습니까?"

"흠……."

노형진은 턱을 문질렀다.

"일단 저희에게 협조해 주신다면 최대한 선처할 수는 있습니다."

보아하니 처남은 그 가면의 사용처를 모른 것이 확실하다.

그런 경우라면 어떻게 사건을 넘길 수도 있었다.

"하지만 대신에 조건이 있습니다."

"조건?"

"그렇습니다. 가면 두 개만 만들어 주시기 바랍니다."

"네? 가면을요?"

"네. 때로는 충격요법이 제법 쓸 만하거든요."

판사가 흔들리지 않게 하기 위해서는 그에 걸맞은 충격이 필요했다.

그리고 노형진은 그 충격요법이 뭔지 알고 있었다.

⚖

"개정하겠습니다."

재판이 시작되었지만 판사는 고개를 갸웃할 수밖에 없었다.

'보통은 중간에 변호사가 바뀌지 않는데.'

오늘 새론에서 온 변호사는 노형진이 아니었다. 무태식이라는 변호사였다.

물론 무태식 역시 정식으로 수임을 했다는 서류가 들어왔으니 재판은 진행할 수 있다.

"원고 측 변호인, 장난합니까? 중간에 변호사를 바꾸다니, 지금 법원을 만만하게 봅니까?"

피고 측 변호사는 어이가 없다는 듯 말했다.

"그게 불법은 아니지 않습니까?"

무태식은 그를 보면서 말했다.

그리고 기가 막혀 하는 사람들.

"불법은 아니지만……."

물론 재판 중에 변호사가 바뀌는 경우는 종종 있다.

하지만 지금은 좀 특수한 게, 일단 오늘 변론이 종결된 후에

다른 변호사가 오는 게 아니라, 노형진 변호사가 재판에 늦을 것 같으니 일단 무태식 변호사가 출장한 상황이었으니까.

그런 경우는 당연히 변호의 통일성이 유지되지 않기 때문에 그런 식으로 변호하는 경우는 거의 없었다.

"좋습니다. 진행하지요."

어찌 되었건 불법이 아니기 때문에 판사는 재판을 진행시켰다.

"지난번에 원고 측은 저희 피고 측에 잉크 문제를 제시했습니다. 조사 결과 기존에 쓰고 있던 잉크가 떨어져서 새로 잉크를 사다가 채운 것으로 드러났습니다."

"피고 측 변호인, 그게 말이나 된다고 생각합니까? 무려 103만 원짜리 볼펜입니다. 그런데 그걸 어떻게 바꿉니까? 애초에 리필용 잉크 가격만 10만 원이 넘습니다만?"

무태식은 이미 사건 전반에 대해 다 알고 있었다. 그래서 그 부분에 대해 지적하는 것은 어려운 일이 아니었다.

하지만 피고 측 변호사 역시 그에 따른 방어, 아니 변명을 충분히 준비한 상태였다.

"맞습니다. 리필용 잉크가 10만 원이 넘지요. 그래서 피고 측은 다른 볼펜의 잉크를 사다가 주입했다고 합니다."

"주입?"

"그렇습니다. 주사기를 통해 말이지요."

"아니, 그걸 말이라고……."

“하지만 그게 사실입니다. 사실 10만 원짜리 리필용 잉크를 사는 게 쉬운 건 아니지 않습니까?”

나름 변명 아닌 변명을 하는 피고 측 변호사.

문제는 그게 실제로 가능할 만한 일이라는 것이다.

“그런 만큼 잉크의 성분 차이는 리필 과정에서의 교체가 원인인 것으로…….”

“늦어서 죄송합니다.”

막 변론을 하던 피고 측 변호사는 뒤쪽에서 들리는 목소리에 고개를 돌렸다.

그랬다가 그대로 얼어붙었다.

무심결에 그쪽으로 고개를 돌린 사람들도 입구로 들어오는 사람을 보고 기겁했다.

“어, 어떻게……?”

거기에는 판사가 있었다.

그것도 지금 앞에 앉아 있는 판사가 말이다.

“다, 당신 누구야?”

판사는 어이가 없어서 입을 쩍 벌렸다.

아무리 봐도 그는 자신이었다.

매일 아침 거울에서 보는 그 자신이 입구로 들어오고 있었다.

“저요?”

입구로 들어온 남자, 그러니까 노형진은 당황한 판사를 보면서 미소 지었다.

"저는 과연 누구일까요?"

"경비! 경비! 저 사람 체포해! 이건 법정 모독이야!"

판사는 어이가 없어서 경비를 불렀다.

다급하게 들어온 경비는 두 사람의 판사를 보면서 입을 다물지 못했다.

"이게 어떻게……?"

"이…… 무슨 일이……."

노형진은 영혼이 반쯤 나간 판사를 보면서 속으로 웃었다.

자신의 작전이 제대로 먹혔으니까.

"친애하는 재판관님, 저는 변호사 노형진입니다."

"노형진? 잠깐, 원고 측 변호사? 하지만……."

"제 목소리가 익숙하지 않으십니까?"

판사는 자기도 모르게 고개를 끄덕거렸다.

목소리는 진짜로 노형진이 맞았으니까.

"하지만 어떻게……?"

"해당 영상에서 치열이 이상하다고 말씀드리지 않았습니까?"

노형진은 그렇게 말하면서 안으로 들어왔다.

"영상은 조작되지 않았습니다. 하지만 저희는 그 영상 속의 권무진이 가면을 쓰고 있었다고 생각합니다."

"영상 속의 권무진이?"

"정확하게는, 누군가가 가면을 쓰고 마치 권무진인 것처럼 행동한 것이지요."

노형진의 말에 판사는 멍하니 자신의 얼굴을 바라보았다.

말하는 것도 자연스럽고, 그 자신과 전혀 다르지 않은 얼굴.

"바로 지금처럼요."

노형진은 판사에게 다가갔다.

그리고 판사는 그를 뚫어져라 보며 침을 꿀꺽 삼켰다.

노형진의 말대로 정교한 가면은 카메라를 속이는 것 정도는 일도 아닌 것처럼 보였다.

"보다시피 이런 가면을 쓰고 촬영했다면 치열이 다른 것도 이해가 되지요."

노형진이 말을 할수록 피고 측 변호사는 어버버 할 수밖에 없었다.

"그건 어디서 만든 거요?"

판사는 너무 어이가 없어서 물을 수밖에 없었다.

"이 가면을 만들어 준 이는 피고 측 조재성에게 권무진의 가면을 만들어 준 사람입니다. 그 사람은 진실을 위해 증언할 준비가 되어 있습니다."

"그, 그런! 재판장님! 저희는 그런 말은 듣지도 못했습니다!"

"제가 여기서 증언한다고는 하지 않았습니다만? 증언할 준비가 되어 있다고 했지요."

씩 웃으며 말하는 노형진.

"하지만 누가 그런 가면을 쓰고 연기해 준단 말입니까?"

"아, 누구인지는 금방 알아낼 수 있을 겁니다."

"뭐요?"

노형진은 갑자기 손을 얼굴로 올렸다. 그리고 가면을 벗기 시작했다.

그 아래에서 나온 것은 진짜 노형진의 얼굴이 아니었다.

"그…… 얼굴은?"

"가면을 만들기 위해서는 얼굴의 기본 틀이 필요합니다. 당연히 증인 측은 그 틀을 위해 당사자의 얼굴의 본을 떴지요. 이것이 그 얼굴 형태를 기반으로 해서 만든 그 의뢰인의 얼굴입니다."

마치 영화처럼, 가면을 벗자 새로 나타난 가면.

그걸 본 판사의 얼굴이 심각하게 굳었다.

"재판장님, 재판을 진행해도 될까요?"

낯선 얼굴은 웃고 있었지만, 왠지 모르게 소름이 돋았다.

⚖

"도대체 어떻게 안 거야! 도대체 어떻게 안 거냐고!"

조재성은 사무실 안을 뱅뱅 돌았다.

그는 철저하게 함정을 팠다. 그런데 상대방이 그걸 완벽하게 파훼하고 있었다.

노형진은 가면을 가지고 촬영해서 가짜 촬영이 가능하다는 걸 증명했다.

거기에다 치열이 다르다는 점을 이용해서 그 당사자가 아니라는 것까지도 증명했다.

더군다나 그 연기를 했던 사람까지 알아냈다.

"주 상무는?"

"일단 일본 쪽으로 도피시켜 놨습니다."

"관련된 사진은 모조리 지워! 알았어?"

그 가면을 쓰고 연기를 한 사람은 다름 아닌 회사의 주 상무였다.

주 상무 역시 직장을 잃을 처지가 되자 그에게 협조했는데, 그 바람에 본인이 쫓기는 상황이 되어 버린 것이다.

"그 망할 놈을 어떻게 해서든 막아야 했어."

새론에 찾아갔다는 소리를 들었지만, 아무리 새론이라고 해도 해결할 수 있을 거라 생각하지 않았다.

그런데 그들은 정보를 캐내고 진실을 알아냈다.

"아니라고 우겨. 그거 말고는 방법이 없어. 최대한 돈을 융통해서 판사에게 뇌물을 먹이고."

현재로써는 그 방법이 유일했기 때문에 조재성은 자신의 인맥을 총동원할 생각이었다.

그런데 문제는 그것만이 아니었다.

"사장님, 그런데 필리핀에서 지금 급하게 연락이 왔는데……."

"필리핀? 필리핀은 왜?"

"다운엔젤이 사라졌답니다."

조재성의 이마가 꿈틀했다.

다운엔젤, 그들이 갑자기 왜 사라졌단 말인가?

"아니, 왜?"

"자세한 정보는 잘 모르겠습니다. 다만 잡힌 놈들 중에서 한국 변호사에 대해 이야기하고 있는 놈이 있다고……."

"설마?"

조재성은 불안감이 들었다.

한국 변호사.

물론 한국의 변호사들 중에 유능한 놈들이 많기는 하다.

하지만 필리핀까지 가서 폭력 집단을 소탕할 그런 미친놈은 하나뿐이다.

"거짓말이지?"

"그게…… 알 수가 없습니다. 관련자들이 대부분 죽거나 사로잡혀서……."

"설마?"

"보스도 사로잡혔습니다."

조재성은 움찔했다.

보스도 사로잡혔다는 것은 그의 정보 역시 필리핀 정부에 넘어간다는 소리였기 때문이다.

"어떻게 이런 일이……."

자신도 모르는 상황에 벌어진 지금의 사태에 조재성은 마음이 다급해졌다.

"어떻게 할까요?"

"어떻게 하긴! 당장 권송아에게 연락해! 어떻게 해서든 합의해야 해! 어떻게 해서든! 알았어? 알았냐고!"

조재성의 목소리가 격하게 떨리기 시작했다.

⚖

"합의를 요청하다니 의외네요."

"지금쯤 필리핀 정부에서 다운엔젤을 박살 낸 걸 알아냈을 테니까요."

노형진은 히죽 웃으며 말했다.

"그러니 문제가 터지기 전에 어떻게 해서든 사건을 덮고 싶겠지요."

"하지만 조직이 사라진다고 해서 그가 살인을 했다는 증거가 나오는 건 아니잖아요?"

걱정스럽게 말하는 권송아.

그 말이 맞다. 애석하게 그 관련 자료는 거의 없었다.

"조사 결과는 어떤가요?"

노형진은 홍보석을 바라보면서 물었다.

홍보석이 그 사건을 담당하고 있으니까.

"알아봤습니다만, 애석하게도 라인이 끊어졌습니다."

"끊어졌어요?"

"네."

한국의 브로커를 통해 필리핀 현지 조직으로 의뢰가 들어간 것은 확인되었다. 그런데 그 현지 브로커가 어디론가 사라져 버렸다.

"아마도 그쪽에 깨지기 시작하면서 튄 것 같네요."

"브로커가 조재성과 연관될 가능성은요?"

"아주 높아요. 조재성과의 통화 기록도 발견되었으니까."

"그러면 그걸 가지고 건드리는 건 안 될까요?"

"그러고 싶지만 애석하게도 그 녀석의 진짜 직업이 수출 전문 업자거든요."

"아……."

그러니 조재성을 불러서 조사해 봐야 수출 관련 통화라고 하면 어떻게 할 수 있는 방법이 없다.

그렇다고 다짜고짜 불러서 살인을 자백하라고 할 수는 없는 노릇이고 말이다.

"일단 그가 살인을 사주한 건 확실히 아주 가능성이 높기는 한데 말이지요."

홍보석은 곤란한 듯 말했다.

"미안합니다. 정보를 주셨는데 애석하게도 조재성이 꼬리를 너무 잘 말아 놨어요."

"할 수 없지요. 애초에 청부 살인은 추적이 쉽지 않으니까."

일반인이라면 모를까, 조재성같이 돈이 있는 놈들은 그걸 감추는 게 쉽다.

더군다나 필리핀이면 한국보다 훨씬 싼 가격에 살인이 가능하니 당연히 흔적도 별로 남지 않을 테고 말이다.

청부 살인을 할 때 가장 많이 쓰는 방식이 바로 자금을 추적하는 것이니까.

"하지만 그렇다고 해서 방법이 없는 건 아니지요."

"네?"

노형진의 말에 두 여자는 어리둥절했다.

지금 형사적으로 추적 방법은 모조리 끊어져 버렸다. 그런 상황에서 다른 방법이 있다니?

"어떻게요?"

"조재성은 해외에서의 청부 살인에 직접적으로 연관되지 않았습니다."

"그렇지요. 그래서 추적이 힘든 거구요."

"반대로 말하면, 조재성도 진짜 살인범을 모른다는 거지요."

"음? 이해가 안 가는데요?"

"간단하게 설명하자면 이런 겁니다. 청부 살인을 하는 살인자가 누구인지, 조재성은 전혀 모릅니다. 그리고 아마 지금쯤 조재성에게 다운엔젤의 상황이 전해졌을 겁니다."

"그렇지요."

"그렇다면 그 살인자는 어디로 도망갈까요?"

"마누엘이라고 하는 그 사람 말인가요? 잡히지 않았나요?"

노형진이 한국으로 돌아온 후 결국 마누엘은 사로잡혔다.

현재로써는 입을 다물고 있지만 이미 그가 한 짓이 있기 때문에 조만간 그 죄가 드러날 수밖에 없는 상황.

“하지만 조재성은 실제로 살인을 저지른 자가 누구인지, 조직이 와해된 후 그자가 어디로 갔는지 전혀 모릅니다.”

“그렇겠죠.”

“그런 상황에서 누군가 도망쳐서 도피 자금을 요구한다면 조재성은 어떻게 할까요?”

“도피 자금을 왜……?”

경험이 없는 권송아는 그게 무슨 소리인지 이해 못 하겠다는 듯 고개를 갸웃했다.

하지만 홍보석은 바로 알아차렸다.

“가짜 살인자를 보내려고 하는 거군요.”

“딩동, 정답입니다.”

“가짜 살인자요?”

한층 더 아리송해진 권송아가 질문을 던지자 홍보석이 노형진 대신 설명했다.

“노 변호사는 가짜 킬러를 조재성에게 보내려고 하는 거예요. 현재 관련 증거는 우리에게 있어요. 가짜 킬러가 한국에 들어온 척해서 그걸 가지고 자금과 안전을 요구하면 과연 조재성은 어떻게 해야 할까요?”

“그걸 들어줘야 하는군요!”

그제야 권송아는 노형진의 작전을 알아차렸다.
“맞습니다. 그리고 그게 살인 청부의 명확한 증거가 되지요.”
노형진은 미소를 지으며 말했다.
“과연 조재성이 한국으로 들어온 킬러에게 어떻게 행동할지 두고 보자고요, 후후후.”

⚖

조재성은 눈앞에 있는 사람을 바라보았다.
사람 좋은 미소를 짓고 있는 남자.
필리핀에서 지금 막 들어왔다는 남자는 조재성에게 찾아와서 황당한 요구를 했다.
“안전과 자금을 보장하지 않으면 이 증거를 경찰에 넘기겠다.”
그러면서 하메스는 가방에서 꺼낸 서류를 흔들었다.
“아, 물론 이건 극히 일부야. 만일 날 신고한다거나 수를 쓰면 동료가 몽땅 경찰에 넘길 거야.”
하메스는 노형진의 부탁으로 한국으로 들어와서 조재성을 만났다. 그리고 슬쩍 떡밥을 던졌다.
“네놈이 킬러라고?”
“킬러였지. 네놈 때문에 직장을 잃기 전까지는.”
이를 드러내면서 말하는 하메스.
속으로는 무척이나 떨렸지만 그걸 감추는 건 어렵지 않았다.

"하지만……."

"왜, 살인자라고 하면 눈에 살기를 줄줄 흘리면서 눈빛이라도 번득여야 한다고 생각하나? 그랬다가는 도리어 의심받아."

"그건 그런데……."

조재성은 어디서 들었던 말이 생각났다.

경험이 많은 살인자는 도리어 티가 안 난다고 했던가?

"당신이 벌집을 건드리는 바람에 우리 조직이 날아갔다. 필리핀에 계속 있으면 우리는 죽은 목숨이야."

히죽거리면서 웃는 하메스.

"그러니 당신이 우리를 좀 책임져 줘야겠어. 당분간은 말이야."

"당분간이라고 하면?"

"최소한 3년은 걸리겠지. 당신 때문에 날아간 조직을 안전하게 정리하려면."

"그 후에는?"

"좀 잠잠해지면 조직의 감춰진 재산을 들고 해외로 뜰 거다. 그러니 그때까지 네놈이 우리를 숨겨 줘야겠어."

"싫다고 하면?"

"네놈은 살인 교사를 했어. 필리핀에서 말이지. 만일 필리핀에서 네놈을 고발하면 어떻게 될 것 같나?"

조재성은 흠칫했다.

필리핀의 감옥은 열악하기로 소문이 났다.

만일 필리핀에서 범죄인인도를 요구해서 그의 신병이 넘어가는 경우, 조재성이 거기서 무슨 꼴을 당할지는 알 수가 없었다.

“같은 필리핀인끼리도 좋은 꼴은 못 보는 곳에서 네놈이 얼마나 살아남을 수 있을지 궁금한데?”

조재성은 이를 빠드득 갈았다.

그의 말대로 필리핀에 가서 살아 돌아오는 건 쉽지 않아 보였다.

“좋다. 그 조건을 받아들이지.”

조재성은 고개를 끄덕거렸다.

지금 상황에서는 그게 최선으로 보였으니까.

하지만 그는 나름 머리를 쓰기 시작했고, 그게 그의 몰락을 가속화시켰다.

‘어차피 내 손에 들어온 카드다. 그냥 당할 수는 없어.’

이대로 있다가 망하는 것보다는 그 망하게 되는 이유 자체를 그는 막고 싶었다.

“그러면 다른 일도 처리해 줄 수 있나? 처리만 해 준다면 2억을 더 주지.”

“2억?”

“그래. 물론 숨을 만한 곳도 주고 말이야.”

생각지도 못한 말에 하메스는 움찔했지만 이내 웃으며 고개를 끄덕거렸다.

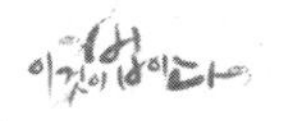

어차피 그가 진짜 살인을 할 것도 아니니 말이다.

짧은 시간이지만 그도 노형진에게 배운 게 있었다.

"4억."

"뭐?"

"필리핀에서 왔다고 내가 병신으로 보여? 4억은 줘야 내가 한 3년은 숨어 있지. 그리고 꼴을 보아하니 한국 내에서 죽여야 할 것 같은데, 여기는 내가 일하던 곳이 아니야. 더 위험한 곳이라고. 그러니 4억."

"미친……!"

"싫으면 말아. 2억 받고 어설프게 일하다 내가 잡혀가기라도 하면 곤란해지는 건 네놈일 텐데?"

"끄응……."

조재성은 어쩔 수 없다는 듯 고개를 끄덕거렸다.

그 말이 맞으니까.

"좋다, 4억. 하지만 확실하게 처리해. 아니, 살인 흔적도 남기지 마. 강도나 실종으로 처리해."

"그 정도야 어렵지 않지. 그래서, 대상이 누군데?"

"권송아라는 년이다. 권무진의 딸이지."

"어이쿠야, 도대체 당신은 그쪽한테 무슨 원한을 가졌기에 아버지에 이어서 딸까지 죽이려고 하는 거야?"

"그 이유를 알 필요가 있나?"

"하긴, 알 필요 없지. 자네가 누군가를 죽이겠다는 의지만 있으면 말이지."

"그래, 네놈은 알 필요 없어. 그냥 내가 시키는 대로 하면 되는 거야."

물론 이 두 사람의 알 필요 없다는 말은 서로 전혀 다른 의미를 가지고 있었지만, 조재성은 그 차이를 그때는 알지 못했다.

⚖

"조재성, 당신을 권송아에 대한 살인미수와 권무진 씨에 대한 살인 혐의로 체포합니다."

"뭐?"

회사에서 막 나가려고 하던 조재성은 그대로 얼어붙었다.

자신을 찾아온 검사의 말에 당황해서 말이 안 나왔다.

"아니, 무슨 소리입니까? 난 그런 적이 없습니다."

"아니요. 이미 확인되었습니다."

"확인?"

홍보석은 품에서 녹음기를 꺼내서 틀었다.

그러자 그 안에서 나오는 목소리들.

–권송아라는 년이다. 권무진의 딸이지.

–어이쿠야, 도대체 당신은 그쪽한테 무슨 원한을 가졌기에 아버

지에 이어서 딸까지 죽이려고 하는 거야?

–그 이유를 알 필요가 있나?

조재성은 다리가 풀리면서 그 자리에 주저앉고 말았다.

"더 할 말은?"

"그, 그럴 리가 없어……. 그럴 리가…… 그럴 리가……."

"그건 법원에서 말해. 미란다원칙을 고지하지."

홍보석의 목소리가 회사 내부에 울려 퍼지고 있었지만 조재성의 귀에는 아무 소리도 들어오지 않았다.

"결국 복수를 했네요. 완벽하게요."

다운엔젤은 사라졌고 마누엘은 필리핀의 감옥에서 누군가에게 살해당했다고 한다.

조재성은 살인과 살인미수로 감옥에 갔고 그의 기업은 망해 가기 시작했다. 해당 회사에 있는 모든 집기는 압류가 들어갔고 말이다.

"이제 권송아 씨가 그 장비를 가지고 직접 회사를 운영하셔도 됩니다. 아니면 다른 사람에게 팔고 특허를 이용해도 되고요."

"감사해요."

권송아는 눈물을 멈출 수가 없었다.

경찰조차도 불가능하다고 한 사건이었다. 그런데 노형진은 사건을 해결하고 진범을 잡았다. 그리고 관련된 자들에게 완벽한 파멸을 안겨 주었다.

"원래 군자의 복수는 10년도 이르다고 했습니다."

노형진은 웃으며 말했다.

"이번에는 좀 빨랐지만요."

"이제 끝났군요."

"아니요. 그건 아닙니다."

노형진은 권송아의 감격스러운 목소리에 그녀에게 현실을 알려 줬다.

"복수는 이제 시작이니까요."

"네?"

"그가 재기하게 되면 또 복수하려고 할 겁니다. 피는 피를 부르는 법이지요."

그 말에 권송아의 얼굴이 딱딱하게 굳었다.

"그를 나락에서 기어 올라오지 못하게 하는 게 복수입니다."

권송아는 천천히 고개를 끄덕거렸다.

"그는 결코 재기하지 못할 거예요, 절대로."

권송아의 복수는 지금부터 시작이었다.

나는 힘순찐이 아니다

“두한을 처리해야겠습니다.”

노형진의 말에 유민택의 눈썹이 하늘로 치솟았다.

“뭐라고?”

“두한 말입니다. 아무래도 두한을 처리해야 할 것 같습니다.”

노형진의 말에 유민택은 한참을 말을 하지 않았다.

두한을 처리한다는 것. 그건 두한과 전쟁을 하겠다는 소리였으니까.

“도대체 왜? 아니, 물론 자네와 두한의 악연은 익히 아네만.”

‘잘 모르실걸요.’

회귀 전 노형진을 죽였던 두한이다.

하지만 그는 회귀 전의 일이라 생각해서 그냥 뒀다.

그가 다시 살아남으로써 자신을 죽인 게 없던 일이 된 데다 혹시나 그들과 싸운다고 해도 그들을 제압할 수 있는 힘을 가졌기 때문에 쓸데없는 싸움은 피하고 싶어서였다.

하지만 세상일은 노형진의 마음대로 되는 게 아니었다.

그들은 도를 넘어서 노형진을 공격했다.

"저는 힘순찐이 아닙니다."

"힘순찐? 그게 뭔가?"

"요즘 유행하는 말입니다. 힘을 숨긴 찐따라는 소리지요."

"아니, 도대체 힘을 왜 숨겨?"

유민택은 이해가 안 간다는 듯 말했다.

힘이 필요한 이유가 뭔가? 더 많은 것을 누리고 자신을 지키기 위해서가 아닌가?

"이해가 가지 않는군."

"우리나라의 겸손의 미덕이 잘못 해석된 거죠."

힘을 쓰지 않는 것이 미덕이며 예의라고 배운 것이다.

"그건 병신이지."

"맞습니다. 병신이지요."

힘을 통제하고 겸손하게 지내는 것은 나쁜 게 아니다.

하지만 힘을 써야 하는 순간에까지 숨겨 가면서 조용히 살려고 한다?

"그걸 보통 찐따라고 하지요. 그래서 힘순찐이라고 합니다."

"흠, 그건 힘순찐이 아니라 심각하게 장애를 의심해야 할 것 같은데."

유민택은 살짝 눈을 찌푸렸다.

하지만 이내 고개를 흔들었다. 중요한 건 그런 언어유희가 아니니까.

"그건 알겠네. 그런데 왜 갑자기 싸우려고 하는 건가?"

"지금까지는 두한의 공격에 제가 방어만 했지요. 하지만 지난번 사건으로 그들은 제 인내심의 한계를 넘게 했습니다."

"지난번 사건? 아, 그 사건 말이군."

전 국민의 개인 정보를 모조리 가지고 가려고 했던 사건.

만일 그게 성공했다면 대한민국 국민들은 두한이라는 정부를 모시는 노예가 되었을 것이다.

"그리고 그 과정에서 저와 대룡을 미끼로 사용했지요."

"그건 그렇지. 나도 괘씸하게 생각하고는 있네."

노형진의 말에 유민택은 고개를 끄덕거렸다.

그 또한 그런 그들을 용서하고 싶은 생각은 전혀 없었다.

"그래서 화가 난 건가?"

"그것 말고도 이유는 많지요."

대룡은 기업으로서 올바른 이미지를 쌓아 올리면서 성장한다. 그에 반해 두한은 온갖 협잡질로 성장한다.

"장기적으로 보면 대룡과 두한은 부딪칠 수밖에 없습니다."

"그건 그렇지. 두한과 우리는 이미지가 상반되니까. 하지만 그게 자네가 싸울 이유가 되는 건 아닌데?"

"저는 노예가 아니니까요. 제가 만일 여기서 물러나면 어떻게 될까요?"

"음……."

유민택은 잠깐 고민했다.

그러고 보면 유민택은 노형진과 두한의 싸움을 멀리서 지켜보기만 했지, 단 한 번도 낀 적이 없다.

노형진과 친밀하기는 하지만 유민택과 관련이 있는 사건은 아니니까.

하지만 현실적으로 본다면…….

"호구 취급하겠지."

"그들이 제 직책을 모를까요?"

"모를 리가 있나. 두한이 모른다면 그건 말도 안 되는 소리지."

공식적으로 노형진은 미다스의 총애를 받는, 마이스터의 아시아 대리인이다.

한때 한국을 통제했지만 이제는 널리 아시아를 통제하는 자리에까지 올라간 상황.

"그들이 그걸 모를 리가 없지요."

"그렇지. 그러고 보니 이상하군. 두한이 자네와 악연이 있다고 하지만 자네를 이용해서까지 가면을 쓸 이유는 없는데."

사실 단순히 국민들의 시선을 돌리려고 한다면 노형진과

대룡이 아니어도 다른 여러 가지 방법으로 시선을 돌릴 수 있다.

“아마 그들은 저에게 엿을 먹이는 방법으로 생각했을 테지요.”

“그렇지. 애초에 그래서 대룡을 대상으로 삼은 이유도 있고. 그렇군, 자네가 무슨 말을 하는지 알겠어. 머리 잘 쓰는군.”

유민택은 사업가다. 당연하게도 그들의 행동에 익숙하다.

잘 곱씹어 보니 그들이 뭘 노리는지 알아차릴 수 있었다.

“제가 미다스에게 얼마나 총애를 받고 있는지, 일종의 테스트를 한 겁니다.”

“자네를 위해 어느 정도까지 보복할 수 있는지를?”

“네.”

노형진은 싸울 때 필요하면 미다스로서의 힘을 기꺼이 써 왔다. 힘을 숨긴 채 병신처럼 두들겨 맞고 싶은 생각은 없으니까.

하지만 정작 개인적으로 그 힘을 쓴 적은 없다.

“그러니까 그들은 자네가 얼마나 미다스의 보호를 받는지를 테스트해 본 건데…….”

유민택은 말을 하다가 잠깐 입을 다물었다.

노형진이 말한 것처럼 그들이 테스트한 거라면 그들의 목적은 하나뿐이다.

테스트라는 게 뭔가? 일종의 시험이다.

그가 어느 정도의 상황에 대처할 수 있는지에 대한 시험 말이다.

“아마도 조만간 저에 대한 공격이 시작될 겁니다.”

“그건 나도 마찬가지겠군.”

“그럴 겁니다. 지금 대룡은 대한민국에서 일종의 공공의 적 취급 아닌가요?”

“맞네. 그런 느낌이 좀 강하기는 하지.”

선한 이미지를 쌓아 갈수록 대룡은 성장한다.

물론 이미지가 선한 곳들은 많다. 하지만 그런 기업들은 대부분 그 이미지를 홍보에 쓰지 않는다.

왼손이 한 일을 오른손이 모르게 하라.

성경에 있는 말이다.

쉽게 말해서 올바른 일을 하면서도 그걸 티 내지 않고 묵묵히 행하라는 거다.

“물론 그건 개소리구요.”

“아니, 개소리까지는 아니지 않나?”

“개소리 맞습니다. 그럴수록 착한 일을 하는 사람은 줄어듭니다.”

착한 일을 한 건 자랑해야 한다.

그리고 사람들은 그 착한 일을 한 사람을 찬양하고 좋게 봐주고 그들에게 이득을 줘야 한다.

그리고 그게 다시 착한 일에 투자되어야 한다.

그게 선순환이다.

"하지만 대한민국의 기업들은 왼손 오른손 찐따 놀이를 하지요."

착한 일을 하고도 자랑을 하지 않는다.

그러니까 사람들은 그들이 선한 일을 한다고 생각하지 않고, 나쁜 기업의 물건이라도 기꺼이 사 준다.

그들 입장에서는 이놈이나 저놈이나 개놈이니까.

그런데 현실적으로 그 경우 수익이 나는 것은 나쁜 놈들이다.

똑같이 1천 원짜리 아이스크림을 만들어도 좋은 기업은 좋은 재료를 써서 원가 600원에 만들지만 나쁜 기업은 질 나쁜 걸 써서 원가 200원에 만드니까.

당연히 착한 기업은 점점 손해를 보고 나쁜 기업은 점점 더 많은 이득을 얻으며 성장한다.

결과적으로 거대 기업이 되는 것은 나쁜 기업이다.

"대룡이 지금까지의 그런 방식을 깨부수었지요."

선한 걸 적극적으로 홍보하고 사람들에게 느끼도록 해 주며 적극적으로 써먹었다.

일부는 좋은 일을 한 걸 너무 우려먹는다고 욕하기는 하지만, 사실 그래야 정상이다.

"그래서 대룡이 성장했고요. 그래서 기존 세력 입장에서는 대룡이 그다지 좋은 기업은 아니지요."

좋은 기업이 홍보를 시작하면 나쁜 기업의 매출은 떨어질 수밖에 없다.

아이스크림을 한 개 더 팔면 좋은 기업은 400원의 수익이 더 늘어나지만, 나쁜 기업은 그 손님을 빼앗기면서 800원의 마이너스가 발생하기 때문이다.

"다른 기업들이 한번 반발을 할 거라고는 생각했네."

"그리고 그 선두에는 두한이 있겠지요."

유민택은 고개를 끄덕거렸다.

노형진이 이런 말을 하는 이유를 알 것 같았다.

결국 대룡은 두한과 싸울 수밖에 없다는 소리다.

"씁쓸하지만 현실적이군. 자네와 엮여 있으니 그들이 우리를 가만둘 리도 없을 것 같고."

유민택은 말을 하면서 턱을 스윽 문질렀다.

"하지만 상대방은 두한일세. 자네가 아무리 마이스터라는 힘이 있다고 하지만 절대 쉬운 일은 아니야."

마이스터는 투자회사다.

당연히 투자 대행을 맡긴 사람들의 수익을 최우선으로 해야 한다.

만일 두한과 싸우게 되었는데 수익이 나지 않는 상황이라면, 당연하게도 미다스의 돈으로만 해야 하는데…….

"그건 좀 힘들겠지."

물론 노형진이 어마어마한 자산을 가지고 있다는 것은 알고 있다.

하지만 그렇다고 해서 그게 두한이라는 기업과 싸울 정도인 것은 아니다.

싸우려면 싸울 수는 있겠지만 돈으로 밀어붙여야 하는데, 공장을 가지고 있는 기업과 싸우는 건 단순히 돈만으로는 한계가 있다.

"당장 두한자동차만 해도 사실상 한국의 1위 기업이야. 그들과 싸울 만한 방법이 없지 않나?"

두한자동차.

한국에서 절대적 자리를 차지하고 있는 존재.

두한의 핵심이며 두한의 절대적 자산이다.

"사실 두한자동차만 해도 자네가 이기는 게 요원한 일일세."

다른 기업이 없는 것은 아니나 두한자동차에는 이길 수가 없다.

"성화는 수입 차량을 가져다 팔았지만 두한자동차는 아예 자동차를 만들어서 팔고 있네. 자네가 싸워서 이길 수 있는 대상이 아니야."

고개를 흔드는 유민택.

"물론 돈으로 싸우면 그렇지요. 하지만 유 대표님, 저는 투자자이기 이전에 변호사입니다. 법적으로 싸우면 적지 않은 타격을 줄 수 있습니다."

"하지만 그게 무슨 의미인지 알지 않나?"

유민택은 조심스럽게 목소리를 낮췄다.

그들과 싸운다는 것, 그건 그들과 전면적인 전쟁에 들어간다는 의미다.

두한은 당하고도 그냥 참거나 자기들이 잘못했다고 반성할 놈들이 아니다.

그들은 어떻게 해서든 대룡과 노형진에게 타격을 주기 위해 기를 쓰기 시작할 것이다.

"나는 걱정되네. 자네도 알다시피 우리는 대동과의 싸움도 아직 안 끝났어. 물론 대동이 사실상 내전 상태에 들어가면서 우리에게 가해지는 압력이 줄어든 것은 사실일세. 하지만 그렇다고 해서 두한과 전면전? 그건 곤란해."

"하지만 조만간 먼저 그들이 공격할 겁니다. 그들도 바보는 아닙니다. 갑자기 그들이 대룡의 간을 보기 시작한 이유가 뭐겠습니까?"

"끄응."

안 봐도 뻔하다. 지금과 똑같은 생각을 한 것이다.

다만 다른 것은 대룡은 방어하는 입장이고 두한은 공격하는 입장이라는 거다.

"대룡이 방어를 하기 위해 노력한다는 것은 반대로 말하면 두한이 공격하기 최적의 타이밍이라는 소리입니다. 대동과의 싸움이 끝나기 전에 우리에게 타격을 주려고 할 겁니다."

"하아, 그건 그렇군."

유민택은 눈을 찡그리며 말했다.

아무리 그라 해도 상대가 대룡의 상황이라면 공격을 선택할 것이다.

"하지만 그들에게 타격을 주면 공격을 선불리 할 수도 없게 되지요. 설사 하게 된다고 하더라도 약해질 겁니다."

"그건 어디까지나 두한이 어느 정도 타격을 입었을 때의 이야기지. 하지만 지금 두한에 타격을 줄 수 있는 게 뭐가 있단 말인가?"

"아까 말씀하시지 않았습니까? 두한자동차가 있지요."

"뭐?"

유민택은 흠칫했다.

"설마 두한자동차를 타격하겠단 말인가?"

"그곳만큼 기습했을 때 타격이 심한 곳이 있을까요?"

두한자동차. 한국 자동차 산업의 메카이자 한국 자동차 산업의 총본산이다.

한국에 굴러다니는 차량의 70%는 두한의 자동차다.

"그걸 공격할 방법은 없네. 자네도 알다시피 두한자동차는 엄청나게 큰 기업이야."

좀 크다 정도가 아니다. 그냥 이 자동차 산업을 지배한다.

"우리가 해외에서 자동차를 수입해서 판매한다고 해도 그들을 이길 방법은 없네."

자동차 같은 물품의 핵심은 바로 수리와 같은 서비스다.

물론 대룡 역시 해외 자동차를 수입해서 판매한다.

한때 성화가 하던 사업이었으나 그들이 망하던 당시에 대룡은 재빨리 그 사업을 빼앗아 왔다.

“그렇지만 그게 감당할 수 있는 수준이 아닐세.”

물론 많이 가져다가 팔 수 있으면 좋다.

하지만 수입 자동차라는 게 현지 생산처럼 그렇게 빨리 되는 게 아니다.

1천만 대가 계약되어 있다고 해도 본 생산 공장에서 한국에 1천 대만 배정하면 공급할 수 있는 것은 1천 대뿐이다.

“하지만 두한은 아니지.”

계약을 하면 철야를 하든 야근을 하든 그 숫자를 채우기 위해 매달릴 테고, 생산량에서 그들을 이길 수는 없다.

“그렇다고 돈으로 찍어 누르기에는, 자동차 산업은 그럴 대상조차도 못 되네.”

그 안에서 도는 돈은 상상을 초월한다.

“자동차 산업은 대한민국 수출의 핵심이야.”

심각한 표정으로 말하는 유민택.

“만일 해당 기업이 흔들리면 국가 단위에서 개입할 걸세. 물론 자네가 정치인 한두 명쯤 묻어 버리는 건 일도 아닐 테지. 하지만 그때는 대한민국과 싸우는 문제가 될 걸세.”

“알고 있습니다.”

노형진은 고개를 끄덕거렸다.

그 정도는 예상했다.

아니, 그 정도 건이 아니면 기습하는 의미가 없다.

“하지만 애초에 제가 노리는 건 자동차가 아닙니다.”

“뭐?”

노형진의 말에 유민택은 어안이 벙벙했다.

“자동차에 타격을 입히겠다고 하지 않았나?”

“자동차에 타격을 입힌다고는 했지만 그게 끝이라고는 안 했습니다.”

“이해가 안 가네만? 물론 그들과 싸우면 그게 끝이 아니기는 하겠지.”

“아니요. 제가 말씀드리는 건 그런 끝이 아닙니다. 자동차는 시작이라는 겁니다.”

“자동차가 시작이라고?”

유민택은 심각하게 눈을 찌푸렸다.

자동차 정도면 아주 심각한 문제다. 그런데 그게 시작이라니?

“자네가 나한테 말을 하는 걸 보니 나도 할 일이 있는 것 같군.”

“대룡은 최대한 철을 구입해 놔야 합니다.”

“철? 무슨 철?”

“고철이든 뭐든 좋습니다. 최대한 당분간 두한에 철이 들어가지 못하게 해야 합니다.”

“이유는?”

"후쿠시마 원자력발전소가 터진 게 언제인지 아십니까?"
"2011년 아닌가?"
그걸 모를 수는 없다.
그 사건으로 일본은 완전히 바뀌었으니까.
지금도 방사능에 고통받고 있고 노형진의 함정에 빠진 일본 정부는 흔들거리고 있다.
더군다나 노형진이 여행객 피폭 문제를 세계적으로 공개하기 시작하자 일본의 호황이 흔들리는 지경까지 왔다.
"그거랑 두한이 무슨 관계가 있나?"
"후쿠시마와 그 주변 지역은 현재 재건 작업 중입니다. 그리고 그 제염 작업이 끝난 흙을 한곳에 쌓아 두고 보관하고 있지요."
"그렇지."
노형진의 말에 유민택은 고개를 끄덕거렸다.
그건 누구나 다 아는 사실이다.
"그러면 말입니다, 그 외에 다른 건 어디로 갈까요?"
"다른 거라니? 이해가 안 가네만."
"원자력발전 사고가 터진 후에 흙과 산업폐기물들은 모두 일본 정부에서 보관하고 있지요. 그렇게 주장합니다. 하지만 현대의 문명은 강철의 문명이지요."
"강철의 문명이라……."
"모든 게 철로 이루어져 있습니다."

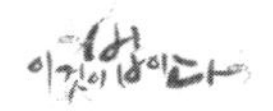

표지판은 철로 만들어져 있고 전선도 철이고 가드레일도 철이다.

"그 당시에 그 지역에 있던 수십만 대의 차량들, 골재들, 그리고 폐건물에서 나온 철들. 그게 다 어디로 갔을까요?"

"응?"

유민택의 눈썹이 살짝 올라갔다.

"그러고 보니 모르겠구먼."

지금까지 방사능 문제를 신나게 떠들었는데 정작 그런 차량이나 폐기된 재활용 자산에 대한 이야기는 들어 본 적이 없다.

"흙만 해도 어마어마하지요. 하지만 그러한 폐기된 재활용 자산을 어떻게 했는지는 단 한 번도 언론에서 나온 적이 없습니다."

"방사능이라는 게 골치 아프지."

유민택은 눈을 찌푸렸다.

그럴 수밖에 없는 게, 성화와 싸울 당시에 성화는 재료를 바꿔치기하면서 방사능 원자재를 대룡에 공급한 적이 있다.

그 때문에 대룡건설은 어마어마한 돈을 날려 가면서 아파트를 통째로 철거해야 했고, 그 당시에 나온 방사능 물질을 처리하기 위해 막대한 손해를 감수해야 했으며, 지금도 그 돈은 계속 나가고 있다.

"그 이후에도 방사능 문제는 한 번 더 터졌지요. 그때를 생각해 보면 답이 나옵니다."

"그때라……. 그래, 그랬지. 그래서 나라가 뒤집어졌었지."

대한민국의 시멘트는 그 내부에 일부 산업 쓰레기를 넣어서 만든다.

법에서 인정하고 있기 때문에 불법이 아니며, 그래서 일각에서는 중국산 시멘트만도 못하다는 비아냥거림도 듣는다.

"그때 문제가 된 건 일본에서 대량으로 들어온 산업폐기물이었지요."

그렇게 들어온 폐기물을 갈아서 시멘트에 넣었고, 그렇게 만들어진 시멘트가 시중에 뿌려지면서 막대한 피해를 입혔다.

"그때 자네가 어마어마한 돈을 벌지 않았나?"

새론은 그 당시 노형진의 조언에 따라 생수 회사를 만들고 막대한 투자를 했다.

그리고 식수원을 만드는 데 들어간 콘크리트에 방사능 물질이 들어간 게 알려지고는 막대한 돈을 벌었다.

"그래, 기억하네."

"하지만 그 안에도 철은 없었습니다."

"철은 없기는 했지. 시멘트에 철은 안 들어가니까."

노형진의 말에 고개를 끄덕거리던 유민택은 순간 흠칫했다.

"그러면 그 철은 어디로 간 거지?"

산업폐기물보다 양이 적기는 하겠지만 그렇다고 해도 그 안에서 나오는 철의 양은 절대 적지 않다.

노형진의 말대로 현대는 강철의 시대다.
작은 창틀 하나부터 장신구까지, 모두 철로 만들어진다.
"하지만 그게 어디로 가는지 사람들은 잘 모르지요."
"그게 어디로 가는데?"
노형진은 잠깐 말을 멈췄다가 차분하게 말했다.
"일본에서 수출하는 고철의 최대 수입국은 한국입니다."
"하…… 한국? 우리라고?"
"네, 정확하게 말하면 두한철강이지요."
유민택은 입을 쩌억 벌렸다.
어지간한 일이라면 그가 이렇게 놀라지는 않는다.
하지만 두한철강이 어떤 곳인가?
한국에서 두 번째로 큰 철강 회사, 그리고 한국 전역에 강철을 제공하는 회사다.
당연하게도 그들이 공급하는 어마어마한 양의 철은 한국뿐만 아니라 다른 나라도 지탱한다.
당연하게도 두한자동차는 그 철강을 가지고 차를 만든다.
"두한철강에서 만드는 차량들은 한국뿐 아니라 미국에서도 판매되지요. 지난 3년간 과연 얼마나 많은 차들이 미국으로 수출되었을까요?"
"어마……어마하겠지. 족히 몇십만 대……. 하지만 그게 남아 있는지 알 수가 없지 않나?"
"남아 있습니다."

노형진은 확신하듯 말했다.

"지금 러시아에 수출된 차량들 중 상당수가 반품되었거든요."

"뭐, 그게 무슨 소리야? 아니, 왜?"

"뻔하지요. 그 차량에서 기준치를 훨씬 넘는 방사능이 나왔거든요. 방사능은 고로에서 고열 처리를 한다고 해서 사라지는 게 아닙니다. 듣기로는 일본에서 그렇게 반송된 게 육백 대가 넘는다고 하더군요."

"육백 대라고?"

"네, 후쿠시마에서 나온 고철을 두한철강만 쓰는 건 아닐 테니까요."

"……."

유민택은 아무런 말도 못 하고 침묵을 지켰다.

너무나 큰 문제였다.

만일 그 말이 사실이라면 한국에는 다시 한번 방사능 공포가 퍼질 것이다.

그것도 이번에는 타고 다니는 차량에 대해 말이다.

"그리고 상대적으로 그러한 방사능에서 안전한 차들이 수입차지요."

유민택은 움찔했다.

그랬다. 상대적으로 수입차들은 안전할 수밖에 없다.

대부분 유럽산이니까.

"우리 판매량이 엄청 늘겠군."

"미리 준비해야 할 겁니다."

"준비할 만한 게 그것만 있는 건 아니겠군."

유민택은 오랜 경험으로 이번 일이 가지고 올 파장을 어렵지 않게 예상할 수 있었다.

아마 대한민국뿐만 아니라 전 세계적으로 대혼란이 올 것이다.

어찌 되었건 두한은 세계적인 철강 회사고 전 세계에 어마어마한 양의 철을 수출했다.

"그리고 일본에서 수입했다는 것 자체가 고의성을 의심할 수밖에 없지요."

사실 그 당시에, 아니 지금도 일본에서 원자재를 수입해서는 안 된다.

하지만 그 당시 일본산 고철의 가격은 평균 시세의 5분의 1에 지나지 않았다.

당연히 막대한 시세 차익을 노릴 수 있었다.

"그리고 대한민국에는 고철에 대한 방사능 검사 기준이 없지요."

당연하게도 다른 나라들도 완제품이나 철강에 대한 방사능 검사 규정이 없다.

설마 한국산 강철이 오염되었겠느냐는 생각도 있었을 테고 말이다.

"미치겠군."

유민택은 자리에서 벌떡 일어났다.

그리고 끊임없이 방 안을 뱅뱅 돌았다.

"이게 터지면…… 두한은 진짜 심각한 타격을 입겠군."

"그리고 그걸 대체하기 위해 전 세계적으로 어마어마하게 철강이 소비될 겁니다."

"우리가 그걸 미리 싹쓸이하면?"

"족히 몇 배는 시세 차익을 낼 수 있겠지요."

최소 세 배는 가격이 오를 것이다.

"후우, 후우."

유민택은 깊게 심호흡을 했다.

"요즘 애들 사이에서 쓰이는 유행어 중에 '선빵필승'이라는 말이 있다고 하더군."

"맞습니다. 먼저 때리면 그만큼 유리합니다. 만일 이걸 두한이 맞는다면 아마 먼저 주먹에 맞는 정도가 아니라 먼저 총에 맞는 수준의 타격이 갈 겁니다."

노형진은 씩 웃으며 말했다.

"하지만 이걸 어떻게 이슈화시킨단 말인가? 자네도 알다시피 두한자동차와 두한철강은 한국에서 가장 핵심적인 산업이야. 이게 타격을 입도록 정부에서 가만둘 리가 없네."

"압니다."

절대 그럴 리가 없다.

분명 기자들에게도 국익이라는 이름으로 압력을 행사할

것이다.

"필요하다면 아마 두한에서는 살인도 불사할 겁니다."

"그러면 어떻게 하려고?"

"미국으로 갈 겁니다."

"미국?"

"네, 미국. 미국이야말로 기회의 땅이지요, 여러모로. 후후후."

⚖

노형진은 미국으로 왔다.

미국에 도착하자 엠버가 조용히 그에게 다가왔다.

"미스터 노, 최근에는 자주 뵙는 것 같네요."

"좀 바쁘군요. 그나저나 준비는 다 되었습니까?"

"네, 암 환자들 그리고 백혈병 환자들을 중심으로 두한자동차의 소유주를 확인하는 중입니다. 그런데 왜 갑자기 그들을 대상으로 하는지요? 이해가 안 갑니다만."

"제가 보내 드린 서류는 보셨지요?"

"네. 아, 물론 바로 파기했고요. 다른 사람들은 잘 모릅니다. 하지만 여전히 이해가 안 갑니다."

"흠……."

노형진은 잠깐 고민하다가 엠버에게 말했다.

"엠버, 미국에서 두한자동차의 수준은 어떻습니까?"

"두한자동차의 수준요?"

"네, 두한자동차를 사람들이 어떻게 생각하는지 궁금하군요."

"뭐랄까, 비싸지는 않지만 쓸 만한 차 정도지요. 쉽게 말해서 자랑하거나 특출할 건 없지만 딱 실용적으로 타기에 적당한 가성비가 좋은 차가 바로 두한 차입니다."

웃기게도 한국에서 만들어서 한국에서 파는 두한의 차가, 한국에서 만들어서 미국에서 파는 차보다 비싸다.

한국에 대체할 만한 뭔가가 없다 보니 거의 독과점 수준이라 통제할 수가 없기 때문이다.

어느 정도냐면, 몇몇 모델은 한국의 절반 가격이며 한때 대형차를 사면 소형차를 주는 끼워 팔기까지 했었다.

물론 한국은 그런 게 해당 사항이 없는 게 문제지만.

"그런데 그게 문제인가요?"

"문제지요. 엠버도 아시지 않습니까? 가성비가 좋은 차들의 소비자들이 누군지요."

차가 필요하지만 비싼 차를 살 여력이 없는 사람들의 선택. 그게 바로 가성비다.

가성비란 좋게 말하면 쓸 만한 가격에 쓸 만한 물건이라는 칭찬이지만, 나쁘게 말하면 그럭저럭 쓸 만한 수준이라는 소리다.

"그리고 그걸 타는 사람들은 대부분 가난하고 평범한 이들이지요."

"그건 맞아요. 부자들은 굳이 두한 차를 타지 않지요."

그래서 미국에서 반응이 좋은 두한의 차들은 고급 라인이 아니라 실용 라인이다.

"그리고 그런 사람들은 대부분 미국의 의료보험을 감당할 수 있는 수준이 못 되지요."

"네, 그건…… 아……."

그제야 엠버는 노형진이 왜 뜬금없이 백혈병 환자들을 모았는지 알아차렸다.

방사능은 암과 백혈병과 아주 관련이 깊다.

그리고 미국에서 그런 병에 걸리면 어지간한 부자가 아닌 이상 그냥 죽어야 한다.

물론 그나 다른 가족이 회사에 계속 다니고 그 회사에서 계속 의료보험을 지원해 준다면 좀 나을 테지만.

"차를 타고 계속 출퇴근하며 일하는 사람들은 대부분 일하는 사람들입니다."

직원도 있고 또 영업맨도 있다.

차를 많이 탄다는 것 자체가 직장인이라는 소리다.

"그리고 질병이 발병해서 일할 수 없는 상황이 되면? 당연하게도 해직되지요."

그러면 의료보험이 끊기는데, 그때는 집을 팔아도 병원비를 감당하지 못한다.

"그들은 그냥 집에서 죽는 날만 기다려야 합니다. 그게 현실이지요."

노형진의 말에 엠버는 고개를 끄덕거렸다.

그제야 노형진이 노리는 게 뭔지 알아차렸다.

"만일 그 원인을 알 수 있다면, 그리고 그 책임을 물을 수 있다면 진짜 목숨 걸고 달려들겠군요."

"목숨 걸고 달려드는 정도가 아닐 겁니다. 진짜 죽더라도 달려들 겁니다."

자신은 죽음을 피할 수 없다고 하더라도, 가족은 살아야 하니까.

"잔인한 말이네요."

"하지만 그만큼 현실적인 말이지요."

노형진의 말에 엠버는 고개를 끄덕거렸다.

잔인하지만 그건 현실이다.

"그들 차량을 확인하고 그 차량의 방사능 수치를 확인해서 알려 주십시오. 수치가 높은 차량에 대해 징벌적 배상을 신청할 겁니다."

그리고 그게 터지면 아마 두한은 공포에 벌벌 떨게 될 것이다.

노형진이 고른 사람은 백혈병으로 죽어 가고 있는 흑인 노동자였다.

이름은 빌 하머. 영업 사원이었고, 그는 두한의 차를 타고 다니다가 백혈병으로 입원했다.

차량의 구입 시기는 2012년 초.

그러니까 대략 3년 정도 타고 다닌 것이다.

그는 집의 침대에 누워서 파리한 얼굴로 자신이 이렇게 된 이유를 듣고 있었다.

"귀하의 차량에 대한 정식 조사 결과가 나왔습니다. 해당 차량에서 기준치의 마흔 배에 달하는 방사능이 나왔습니다."

"몇 배요?"

"마흔 배입니다. 당장 죽지는 않겠지만 지난 3년간 방사능에 지속적으로 노출되신 겁니다."

노형진의 말에 빌 하머는 혼이 나간 듯한 얼굴이 되었다.

"내가…… 죽는 이유가 자동차 때문이란 말입니까?"

"그렇습니다."

"그, 그럴 리가요! 하지만 차는 멀쩡했는데……!"

"차의 엔진 같은 문제가 아닙니다. 해당 차량은 한국에서 수입된 것이지요."

노형진은 그 당시에 있었던 일을 차분하게 말해 줬다.

"지금은 수입되는 차량에 대해 방사능 검사를 하지만 그때는 그런 규정이 없었습니다. 그런데 그때 일본에서 방사능에 오염된 고철이 어마어마하게 수입되었지요. 그 수입된 고철을 가공해서 두한이 만든 것이 바로 이 차량입니다.”

빌 하머는 고개를 번쩍 들었다.

“그 말은, 그들이 방사능이 들어간 걸 알고 있었다는 겁니까?”

“그렇습니다. 방사능이 열처리를 통해 사라지지 않는다는 것은 상식이니까요.”

“그, 그런…….”

“이건 단순히 치료비의 문제가 아닙니다. 기업 차원에서 이득을 위해 소비자의 목숨을 죽여 버리는 행동이지요. 그리고 그런 경우 미국 법에서는 징벌적 배상을 신청합니다.”

“하지만…….”

빌 하머는 어떻게 감정을 추스를 수가 없었다.

“내가…… 왜…… 내가…… 흑흑…… 내가 왜 죽어야 하는데…… 이 개 같은 새끼들……. 내가…… 난 죽기 싫은데…… 흑흑흑.”

두한에 대한 분노.

자신의 죽음에 대한 억울함.

자신이 죽은 후에 벌어질 일에 대한 걱정.

하지만 징벌적 배상을 통해 살아남을 가족.

그의 감정은 도무지 통제할 수 있는 수준이 아니었다.

“진정하시기 바랍니다. 싸움은 지금부터니까요.”

노형진은 차분하게 말했다.

“중요한 건 당신이 그들과 싸울 의사를 가지는 겁니다. 물론 이 싸움은 지금부터일 겁니다."

"네?"

"피해자가 한두 명이 아닐 테니까요. 두한 쪽은 어떻게 해서든 사건을 인정하지 않으려고 할 겁니다. 그러니 길고 긴 싸움이 될 겁니다."

"싸우겠습니다. 어차피 이렇게 죽으나 저렇게 죽으나 마찬가지입니다."

빌 하머는 죽음을 피할 수가 없는 상황이다.

문제는 뒤에 남을 가족들이다.

어마어마한 병원비로 인해 그들은 노숙자로 전락할 위기다.

"다만……."

말을 하던 빌 하머는 입을 다물었다.

미국의 변호사 비용은 어마어마하다.

끝까지 싸우고 싶지만, 시간당 책정되는 변호사 비용을 그가 감당할 방법은 없다.

"그 부분에 대해서는 저희가 후불로 하기로 했습니다."

"후불로요?"

"그렇습니다. 이게 과연 얼마 정도의 사건이 될 거라 생각하십니까?"

"그건……."

"최소 천만 달러 이상입니다. 어쩌면 억 단위가 나올 수도 있지요."

"네에?"

"우연이 아니니까요."

우연으로 인해 발생한 일이 아니다.

명백하게 두한에서는 일본에서 방사능에 오염된 폐철을 수입했다.

그 당시에 미친 듯이 일본의 철 가격이 떨어진 이유를 과연 두한에서 모를까? 그랬을 리가 없다.

그럼에도 불구하고 그들은 돈 때문에 그걸 수입했다.

그리고 몰래 팔아먹었다.

"저희 드림 로펌은 그 기간 동안 여러분의 생활비를 전액 지원하겠습니다. 물론 적당한 수익률을 약속해 주신다면 말이지요."

"그만큼 이길 가능성이 높다는 건가요?"

"그만큼 가능성이 높냐고요? 이 정도 사건을 지면 변호사를 그만둬야 합니다."

노형진은 웃으며 말했다.

"물론 이 사건은 제가 직접 담당하지는 않습니다. 하지만 드림 로펌에는 최고의 변호인단이 뭉쳐 있습니다. 그들이 이번 사건을 전담할 겁니다."

"그러면 당신은요?"

"아까도 말씀드렸다시피 저는 한국의 변호사입니다. 한국에서 관련 자료를 보내 줄 겁니다."

"그러면……."

빌 하머는 고개를 끄덕거렸다.

당장 집도 압류되어서 경매로 팔려 나가기 직전이다. 그런데 생활비까지 준다면 제안을 거절할 이유가 없다.

"하겠습니다, 그 소송."

"잘 선택하신 겁니다."

노형진은 웃으며 말했다.

"당신에게 승리를 안겨 드리지요, 후후후."

자본주의에는 자본주의로

드림 로펌에서 두한에 청구한 징벌적 배상. 그 타격은 어마어마했다.

그리고 그건 두한에 있어 말 그대로 날벼락이나 마찬가지였다.

"각 지점별로 해당 소송을 준비 중입니다. 각 지역신문에 징벌적 손해배상에 참가할 인원을 모집하는 광고를 냈고, 각 지점으로 두한의 차량을 가지고 오면 직접 방사능 측정 이후에 징벌적 배상을 진행하기로 했습니다."

노형진이 집중적으로 언론에 터트린 건 빌 하머의 사건뿐이지만 다른 피해자들이 없는 건 아니다.

그래서 피해자를 모아 한꺼번에 소송을 하기로 했다.

"역시나라고 해야 하나."

"뭐가 말이지요?"

"한국의 언론은 조용하네요. 어마어마한 사건인데 말입니다."

청구 금액이 무려 3억 달러다. 한화로 대략 3,500억에 가까운 돈이고 말이다.

그런데 한국 언론은 관련 기사가 하나도 없었다.

"그게 새어 나가면 두한은 곤란하니까요."

엠버는 몇 번의 경험으로 한국의 언론에 대해 잘 알고 있었다.

그들은 대기업에 타격이 갈 만한 일은 절대 하지 않는다.

"뭐, 일은 이제 시작이니까요."

노형진은 어깨를 으쓱하며 말했다.

"중요한 건 두한에 타격을 입히는 겁니다. 더 이상 재기할 수 없을 정도로 말이지요."

"하지만 그게 쉽지 않을 것 같네요. 저쪽에서는 몰랐다고 나올 게 뻔한데요."

"과연 그 말이 먹힐까요?"

전 세계에서 후쿠시마 사태를 모르는 기업이 있기는 할까?

그리고 거기서 나오는 고철이 방사능에 오염되어 있다는 걸 모르는 사람이 있기는 할까?

"하지만 한국은 돈으로 하는 재판이니까요. 두한 쪽에서는 엔더식스를 고용했다고 하네요."

"엔더식스?"
"네. 현재 가장 핫한 로펌이지요. 최악이라고 볼 수도 있고요."
"로비에 능숙한 모양이군요."
"네. 현 상황에서 논리적으로 싸우면 질 게 뻔하니까요."
그러니 로비를 통해 어떻게 해서든 재판을 하려고 하는 게 뻔했다.
"물론 로비력이 어디까지 미칠지는 모르지만요."
"배심원들이 들어가지 않습니까?"
"당장 모레에 배심원 선발이 있어요. 가능하면 우리 쪽에 유리한 배심원을 선발해야겠지만 그게 쉬울지……."
워낙 큰 사건이고 미국 전역이 관심을 가지고 있는 사건이다.
사실 현 정부에서는 이번 사건에서 한국보다는 미국의 승리를 원하고 있다.
지금 한국 자동차 때문에 미국 시장이 줄어든다고 생각하고 있으니까.
"하지만 엔더식스 역시 자기들한테 유리한 배심원을 고르려고 할 테지요."
"맞아요."
결국 그건 양쪽 다 마찬가지다.
하지만 몇 가지 질문만으로 그 사람의 성향을 특정해서 배심원을 정하는 것은 절대 쉬운 일이 아니다.

혹시나 두한 쪽에 관련된 사람을 뽑아 버리면 재판은 시작도 하기 전에 진 꼴이니까.

"그래서 말인데요, 제가 몇 가지 방법을 알려 드리겠습니다."

"네? 방법요? 하지만 미스터 노는 미국 배심원 제도에 경험이 없지 않나요?"

"아, 딱히 있지는 않지만요."

노형진은 차마 회귀한 것을 말하지는 못하고 그저 웃었다.

"다른 의미에서 그쪽에 대해 잘 알고 있습니다. 아시겠지만 제가 인간 심리에 대한 예리한 판단력이 있지 않습니까?"

"그건 그렇지요."

엠버는 고개를 끄덕거렸다.

물론 그녀에게도 나름의 방식이 있다. 하지만 노형진이 말해 주는 걸 들어 보는 것도 나쁘지 않았다.

당장은 아니어도 나중에라도 쓰게 될 수 있으니까.

노형진에게 배울 수 있는 것은 너무나 많았다.

"일단 배심원을 고를 때 가장 중요한 것은 옷입니다."

노형진은 차분하게 설명을 하기 시작했다.

⚖

다음 날 엠버는 배심원을 선발하기 위해 법원으로 향했다.

바글바글 모여 있는 사람들 사이에서 그녀는 상대방 변호사와 함께 배심원을 고르기 위해 모였다.
"이렇게 싸우게 되었네요, 엠버."
"도미닉, 너 많이 컸다."
"원래 선배보다는 컸어요."
학교 후배였던 도미닉을 보면서 엠버는 피식 웃었다.
"이번에는 쉽지 않을 겁니다."
"그 말 그대로 돌려주지."
그렇게 시작된 선발.
먼저 입을 연 것은 도미닉이었다.
"가족 중에 암이나 백혈병으로 치료받거나 돌아가신 분이 계신가요?"
몇몇이 손을 들었고 그는 그걸 표시했다.
'역시나, 미스터 노의 말대로네.'
노형진이 예상한 대로였다.
저쪽에서는 심리적으로 피해자들과 동조할 사람부터 걸러낼 거라고 하더니 진짜로 그런 사람부터 확인했다.
"좋습니다. 그러면 제가 질문할 차례군요. 혹시 이 안에 일본 문화를 좋아하는 분 계신가요?"
"네?"
"선배?"
도미닉은 이해할 수가 없다는 표정이 되었다.
"왜?"

“두한은 한국의 기업입니다. 이번 사건과 일본은 상관없어요.”

“아니, 있어.”

엠버는 단호하게 선을 그었다.

‘한국과 일본의 관계는 특수하니까.’

두한은 한국의 기업이다.

그리고 한국 기업은 일본 기업과 사이가 안 좋다. 그게 현실이다.

더군다나 자동차 산업에 있어서 두한과 일본 기업은 라이벌 성향이 강하다.

‘일본을 좋아하는 사람들은 한국에 적대적인 경우가 많다고 했지?’

물론 억측일 수도 있다.

하지만 기본적으로 일본의 문화가 전반적으로 반한 감정이 강하기 때문에 그런 문화에 심취할수록 조금씩 오염된다.

그게 노형진의 문화 침략의 이유였고 말이다.

‘일본 문화를 좋아하는 사람은 한국 기업인 두한에 적대적일 가능성이 높다.’

그게 노형진이 알려 준 꼼수였고, 그것에 대해 잘 모르는 도미닉은 눈을 찌푸릴 뿐 더 이상 무슨 말을 하지는 않았다.

“두 번째 질문입니다. 혹시나 두한의 자동차를 가진 분 계신가요?”

두한의 자동차를 가진 경우 이 재판에서 두한이 지면 그걸 빌미로 차량을 환불하거나 바꾸거나 손해배상을 받을 수도 있기 때문에 당연히 나와야 하는 질문이었다.

몇몇이 손을 들었고 도미닉은 그들을 표시했다.

"그러면 다른 질문을 하지요. 혹시나 이 안에서 배심원을 하면 생계에 지장이 가는 분이 계신가요?"

"선배?"

또다시 들리는 뜬금없는 질문에 도미닉은 의아한 표정으로 엠버를 돌아보았다.

"당연히 지장이 가지요."

이런 대형 사건의 배심원은 사건이 진행되면 아예 출근도 못 하고 호텔에서 지내야 한다. 그러니 지장이 가지 않을 수가 없다.

'하지만 그렇게 함으로써 백수를 거를 수가 있지.'

일하지 않는 사람, 즉 사회생활을 한다는 것은 차량을 이용한다는 소리다.

당연히 두한의 차량은 아닐 것이다, 이미 도미닉이 걸렀으니.

그럼 이 질문으로 사회적으로 일하는 사람을 고를 수 있다.

'그리고 복장을 보면 대충 상황이 나오지.'

재산 내역을 물어보거나 할 수는 없다.

그러나 이 질문으로 노동자계급을 골라낼 수 있고, 노동자계급은 자신들과 비슷한 노동자계급에게 동정심을 느낄 수밖에 없다.

"흠…… 선배, 오늘 좀 이상하네요."

"어디서 족집게 과외를 받고 왔다고 해 두지."

"족집게 과외요? 그게 뭔데요?"

그러나 엠버가 도무지 말해 줄 것 같지 않자 도미닉은 이내 고개를 돌렸다.

"뭐, 상관없나? 그럼 계속 진행하지요. 과거에 징벌적 배상에 의해 이득을 보시거나 손해배상 등을 받은 분 계신가요?"

혹시나 관련 경험이 있어서 유리할 수 있는 피해자를 거르기 위해 도미닉이 던진 질문이었다.

이어서 엠버는 다른 질문을 던졌다.

"혹시 친척이나 형제들이 자신과 비슷하거나 자신보다 못 산다고 생각하는 분 계신가요?"

"선배?"

"아, 좀! 내가 알아서 한다고."

"거참."

연이어지는 뜬금없는 질문에 도미닉은 당최 이해를 못 하겠다는 표정이 되었다.

하지만 엠버가 그 질문을 한 것에도 이유가 있었다.

'두한의 차량은 가성비가 좋다. 노동자들이 타고 다닌다는 거지.'

물론 도미닉이 이미 두한의 차량을 타고 다니는 사람들을 걸러 냈다.

하지만 친척들은? 만일 친척들이 그걸 타고 다닌다면?

배심원은 심정적으로 불안할 수밖에 없다.

하물며 형제나 부모님이라면 더더욱 말이다.

'하지만 대놓고 친척이 두한 차량을 타고 다니냐고 물어보면 도미닉이 그들을 칼같이 걸러 낼 거야.'

그래서 노형진은 그 대신에 친척의 자산 여부를 물어보라고 한 것이다.

허름한 옷을 입고 온 사람이 친척과 자산이 비슷하거나 친척의 재산이 더 적다면, 당연히 그는 한국산 자동차를 소유하고 있을 가능성이 커지니까.

가성비는 한국산이라고 하니까.

친척이나 형제에게 한국산 자동차가 있다면 당연히 그 사람들은 심정적으로 빌 하머에게 집중하게 된다.

'진짜 교묘해.'

그렇게 생각하며 엠버는 상대방이 모르는 사이에 자신들에게 유리한 질문을 슬슬 던졌고 도미닉은 직접적인 질문만 던졌다.

그 결과, 배심원단은 조금씩 엠버가 원하는 사람으로 채워지고 있었다.

⚖

같은 시각, 노형진은 인천항에 와 있었다.

미국에서 왔다 갔다 하는 게 쉬운 일은 아니지만 그래도 할 일은 해야 하니까.

"여기인가요?"

"맞습니다. 노 변호사님이 말씀하신 대로 수입 업체를 찾았습니다."

초대형 사건인 만큼 새론에서는 여러 사람들이 달라붙었고 그중에는 무태식도 있었다.

"노 변호사님의 말씀대로 여기서 일하던 사람들 중 상당수가 암이나 백혈병 등의 질병으로 퇴사했더군요."

"역시나 그렇군요."

"그런데 어떻게 아신 겁니까?"

"한국에서 뭐 용역을 주는 거야 흔한 일 아닙니까?"

노형진은 어깨를 으쓱했다.

"특히 두한 같은 기업은 뻔하지요."

두한에서 후쿠시마의 철을 직접 수입하지는 않는다.

다른 기업을 통해 수입하고, 그 수입한 철을 다시 두한철강이 사 간다. 그게 일반적인 과정이다.

"그리고 그 수입 기업은 그걸 하역할 인부들이 필요하고요."

그 기업이 일하던 곳이 바로 이곳이다.

"방사능에 오염된 철강을 방사능복도 없이 작업하면 어떻게 되겠습니까?"

당연히 방사능에 피폭된다.

"문제는 그 소송을 한다고 해도 한국에서는 제대로 배상이 이루어질 리가 없다는 것이지요."

일단 가장 큰 문제는, 하청의 하청이거나 아예 별개의 기업으로 설정되어 있기 때문에 인부들이 백혈병에 걸리거나 암에 걸린다고 해도 두한에서는 책임지지 않는다는 것이다.

그리고 다른 문제는, 한국에서 재판을 하면 판사부터 변호사까지 모조리 이미 두한 편이라는 거다.

물론 그들 편이 아닌 변호사들을 쓰면 되지만 그런 변호사는 많지도 않고, 설사 그들과 함께 싸운다고 해도 이미 판사가 두한 편이라 답은 뻔하다.

"결국 중요한 건 그분들의 치료비니까요."

하지만 직접 받지만 않으면 된다.

"드림에서는 적지 않은 돈을 벌게 될 겁니다. 그중 일부를 치료비로 지원하는 건 불법이 아니지요."

"그 대신에 이분들이 미국으로 가서 증언하고요?"

"그렇습니다. 자신들이 방사능에 피폭된 산증인이니 고철이 어디로 들어갔는지 누구보다 잘 아는 분들입니다. 그분들이 증언만 해 준다면 두한은 아마 환장할 겁니다."

"그러면 그분들을 찾는 게 제가 해야 할 일이군요."

"그렇습니다."

노형진은 고개를 끄덕거렸다.

"그 정도야 단순히 미국에서 제게 요청해도 될 일인데 왜 한국에까지 오신 겁니까?"

무태식은 고개를 갸웃했다.

그 정도는 자신이 할 수 있는 일이다.

현 상황에서 그들을 설득하는 건 어려운 일도 아니고 말이다.

"사실은 제가 직접 만나야 하는 사람이 있거든요."

"누군데요?"

"비밀입니다."

노형진은 씩 웃으며 말했다.

노형진은 주의 깊게 주변을 살폈다. 그리고 조용히 모텔 안으로 들어갔다.

거기에는 한 남자가 기다리고 있었다.

"제가 늦었지요? 혹시나 해서 그러는데 추적하는 사람이 있었나요?"

"아니요. 없습니다. 조심하기는 하지만요. 그런데 굳이 이래야 합니까? 어차피 저 같은 거야……."

남자는 머리를 긁적거렸다.

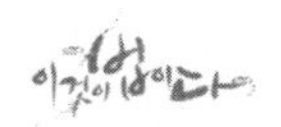

"저 같은 거라니요."

"어차피 파리 목숨인 비정규직 아닙니까?"

그는 긴 한숨으로 자신의 처지를 이야기했다.

"압니다. 그래서 도움을 청한 거구요."

"제게 도움을 청한 게 아니라 제가 도움을 받는 거나 마찬가지인 상황이지요."

노형진의 말에 그는 머리를 긁적거리면서 말했다.

"그나저나 제가 도와드릴 게 뭡니까? 아는 분을 통해 연락은 받았습니다만."

그는 두한의 공장에서 비정규직으로 일하는 사람이었다.

두한은 정규직과 비정규직의 차별이 어마어마하게 심하다.

그는 최저임금에서 간신히 벗어난 수준의 임금을 받는데, 두한 정규직은 연봉이 1억이 넘는다.

"제가 무슨 노조도 아니고 저를 감시할 이유는 없습니다. 애초에 제가 여기에 온 것도 대부분은 모르고요."

"그래도 위험한 행동이니까요."

노형진은 혹시나 모른다면서 계속 안전을 이야기했다.

"도대체 얼마나 심각한 이야기를 하려고 그러시는 건지 겁이 나네요, 하하하."

이때까지만 해도 아직 그는 웃으며 이야기할 수 있었다.

하지만 노형진의 말을 듣자, 이내 웃음을 멈출 수밖에 없었다.

"네? 뭐라고요? 회사에서 방사능을 검사해 달라고요?"

"정확하게 말씀드리자면, 내부의 방사능을 측정해 달라는 겁니다. 주요 작업 라인 위주로요."

"아니, 왜요?"

"사실은 미국에서 현재 두한자동차에 대한 징벌적 손해배상 청구 소송이 진행 중입니다."

"네에?"

그의 눈이 커졌다. 자신은 몰랐던 일이니까.

"이유는 방사능 때문이지요."

노형진은 그를 보면서 차분하게 말했다.

그 말을 들은 남자의 얼굴이 사정없이 일그러졌다.

"그런데 생각해 보세요. 그렇게 생산된 차량이 오염되어서 백혈병과 암 환자가 발생하고 있습니다. 그러면 그 재료를 하루 종일 만지작거리면서 만들던 사람들은 어떻게 될까요?"

"그런……."

남자는 입을 꾸욱 다물었다.

"그나마 돈이 있는 정규직분들은 좀 나을 겁니다. 하지만 비정규직은요?"

"……."

"방사능에 오염된 원자재로 만든 차량들이 작업 라인을 타고 지나다녔습니다. 그러면 어떻게 될까요? 당연히 그 지역은 방사능에 오염됩니다. 솔직하게 말씀드리면 저희는 그걸 미국 재판에서 증거로 쓸 겁니다. 그랬기에 제보의 조건으로 1억을 드리겠다고 한 거구요."

그는 1억이라는 말에 혹해서 왔다.

하지만 들어 보니 지금 1억이 문제가 아니었다.

"미국에서는 돈이 목적입니다. 하지만 여기서는 생존이 문제입니다. 혹시 이상한 거 못 느끼셨습니까?"

남자는 얼굴을 부여잡았다.

"젠장…… 어쩐지……."

"어쩐지라니요?"

"제 회사 동료 중에 암으로 죽은 사람만 벌써 다섯 명입니다. 그것도 최근 2년 안에요. 백혈병으로 죽은 사람도 있고."

그는 눈을 찌푸리며 말했다.

"갑상선암은 셀 수도 없고요."

그건 정규직, 비정규직을 가리지 않았다.

하지만 이유를 알지 못하니 그저 우연이라 생각했던 것이다.

"만일 그걸 측정한 걸 알면 두한에서는 당연히 해직을 할 겁니다. 그러니 걸려서는 안 됩니다."

노형진은 그렇게 말하면서 가방 안에서 뭔가를 꺼내 들었다.

"이건 구할 수 있는 가장 작은 방사능 측정기입니다. 물론 성능에는 문제없지요. 이걸 들고 다니면서 측정할 수 있겠습니까?"

"일단 가능할 것 같습니다."

그걸 받는 남자의 손은 바들바들 떨리고 있었다.

"이걸로 측정하고 저희한테 보내 주시면 바로 현금으로 드리지요."

"알겠습니다."

"그리고 누차 말씀드리지만 절대로 저들에게 걸려서는 안 됩니다. 저들이 어떤 보복을 할지 모르니까요."

노형진은 몇 번이나 확답을 받았다.

그리고 그를 두고 호텔에서 나왔다.

"어디 보자, 이제 만날 사람이……."

노형진은 일정표를 보고는 미소를 지었다.

"아직도 많이 남았네, 후후후."

⚖

재판이 코앞으로 닥쳐온 상황에서 한국에서 날아온 두한의 인물.

그의 요구에 도미닉과 엔더식스는 기가 막혀서 말이 안 나왔다.

"아니, 지금 그건 상황이 다르지 않습니까?"

"뭐가 다르다는 거지요?"

요구가 너무 터무니없었기 때문이다.

"공급한 회사에 책임을 묻지 말라니요? 지금 변론을 하지

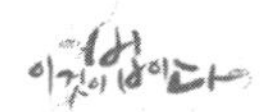

말라는 겁니까?"
"공급한 회사는 그걸 모릅니다."
"지금 그게 가능한 일이라고 생각합니까? 일본에서 방사능 고철을 수입한 건 맞지 않습니까?"
"그러니까 그걸 몰랐다고 해야 한단 말입니다."
"그러면 방어할 방법이 없습니다."
"하지만 철강을 공급한 곳은 두한철강입니다. 두한철강은 저희와 같은 회사고요."
"말이 되는 소리를 하세요. 그건 그쪽 잘못이고 이쪽은 이쪽 책임이 있는 법입니다."
미국에서 두한철강과 두한자동차는 전혀 다른 기업이다.
그리고 아무리 생각해도 이 문제는 두한철강이 방사능 철강을 제공하면서 터진 문제로 보였다.
"그래서 우리 방어 전략은 두한철강에서 방사능 자재를 보냈고 그걸 회사 측에서 방어하는 걸로 결정되었습니다."
"그래서 저희가 온 겁니다. 그건 절대로 용납할 수가 없습니다."
도미닉은 으르렁거리며 그를 노려보았다.
"그럴 수는 없습니다. 이건 공급 업체의 잘못이 맞아요!"
"뭔가 오해하는가 본데, 그 둘은 같은 업체입니다."
두한의 직원은 그렇게 말했다.
하지만 그건 한국의 기준이었다.

"잘못 아는 건 그쪽인 것 같군요. 여기는 한국이 아니라 미국입니다. 같은 두한이라는 이름을 쓴다 해도, 사업자 번호도 다르고 대표도 다르고 자금도 따로 운영하는데 어떻게 같은 기업입니까?"

"뭐요?"

"우리는 그렇게 일 안 합니다. 당신들이 보호해 달라고 한 것은 두한이 아니라 두한자동차입니다. 그래서 우리는 두한자동차를 보호하기 위해 두한철강에 책임을 묻기로 한 거고요."

"같은 기업이라니까요!"

"그건 한국식 논리고."

도미닉은 나지막하게 말했다.

"두한이라는 기업이 얼마나 큰지 압니다. 한국에서는 그 이름이면 다 알아서 설설 길지 모르지만, 여기는 한국이 아니라 미국입니다. 만일 두한철강까지 보호해 주기를 원했다면 계약을 그렇게 했어야지요. 두한자동차를 보호해 달라고 하고는 이제 와서 두한철강까지 포함해서 변호해 달라? 우리가 만만합니까?"

담당자는 움찔했다.

실제로 변호사비를 아낄 수 있지 않을까 하고 그렇게 수작을 부린 게 사실이니까.

"그런 허튼수작에 우리가 당할 거라고 생각한 거라면 잘못 생각한 겁니다. 상부에 말하세요. 정식으로 계약서를 고치고 추가 비용을 내든가 아니면 계약을 파기하든가 하라고. 아, 물론 이건 귀책사유가 있으니까 계약금을 못 돌려받는다는 건 아실 거라 생각합니다."

"아니, 그게 무슨……."

"그러면 일을 제대로 했어야지요. 어떻게 하시겠습니까? 여기서 파기장 써 드릴까요?"

직원은 떨떠름하게 핸드폰을 들었다.

"전화를 한번 해 보겠습니다."

⚖

-미스터 노. 엔더식스의 답변서가 바뀌었어요. 미스터 노의 말대로네요.

얼마 후 한국에 있는 노형진에게 엠버가 다급하게 연락했다.

엔더식스에서 갑자기 답변서를 수정해서 제출했다는 것이다.

"그럴 거라 생각했습니다. 두한철강이 타격을 입는 건 두한자동차보다 훨씬 큰 문제거든요."

두한자동차는 자동차로 끝이지만 두한철강이 철을 판 곳은 한두 곳이 아니니까.

"그러니 어떻게 해서든 두한철강을 보호해야 하는 게 두한의 현 상황입니다. 결국 답변서를 고칠 수밖에 없지요."

-의외군요. 엔더식스에서 이렇게 일을 허술하게 할 리가

없는데요.

“아마 엔더식스도 다급하게 그들의 요구를 받았을 겁니다. 그걸 고치기 위해 적지 않은 돈을 요구했을 거고요.”

현실적으로 기업을 하나 지키는 게 아니라 두 개 이상을 지키게 되는 것이다. 그러니 그들의 업무는 늘었을 테고, 그에 따른 수임료 역시 늘었을 것이다.

―일단 이에 대한 답변서는 저희가 준비 중이에요. 그런데 이 서류의 번역본은 왜 보내 달라고 한 거예요?

“희생양을 미리 만나려고요.”

―희생양요?

“두한은 두한철강을 지켜야 합니다. 그러면 다른 누군가가 방사능 철을 수입한 책임을 져야 합니다. 과연 누가 그런 책임을 질까요?”

―아, 지난번에 말한 그 고철 업체?

“정답입니다. 아마도 고철 업체에서 몰래 수입해서 공급했다는 식으로 커버하려고 하겠지요.”

그런데 이건 미국에서 벌어지는 사건이자 쉬쉬하는 사건이다. 당연히 수입 업체는 이 소송 사건 자체를 모를 수밖에 없다.

“그리고 그쪽이 좀 정리된다 싶으면 두한은 그 고철 업체에 한국에서 책임을 물으라고 하겠지요.”

―그러면 책임에서 벗어나겠군요.

"네. 뻔한 방식이지요."

—뭘 하려는지 알겠네요. 하지만 고철 업체가 그걸 안다면 상황이 달라질 테고요.

자신이 죽을 상황인데 두한에 붙겠는가? 당연히 노형진과 엠버에게 붙을 것이다.

"더군다나 자신들의 직원들도 배신한 걸 알면 그렇게 할 수밖에 없을 겁니다, 후후후."

⚖

홍선원자재의 사장인 홍준구는 소장을 받아 들고 읽으면서 손을 부들부들 떨었다.

"어떠신가요?"

"이, 이게 두한이 미국 재판부에 낸 답변서라고요……?"

"그렇습니다. 공식적으로 두한은 일본의 방사능에 오염된 폐고철을 수입한 것은 당신이며, 당신이 몰래 거짓말을 한 탓에 자신들이 방사능 고철을 썼다고 주장했습니다."

홍준구는 턱이 덜덜 떨렸다.

자신은 아무것도 모르는 상황에서 이런 일이 벌어지고 있을 줄이야…….

"그러데 왜…… 저한테 이걸……."

"저는 해당 사건의 한국 대리인으로서 사실 확인을 해야 하니까요."

"사실 확인요?"

"만일 이게 사실이라면 우리는 징벌적 배상을 당신에게 요구해야 합니다."

"네? 그게 무슨 말입니까? 그걸 왜 저한테 청구한단 말입니까!"

"그래야 합니다. 당신이 몰래 판 방사능 고철 때문에 우리 의뢰인이 죽게 생겼으니까요."

"아닙니다! 아니에요!"

홍준구는 비명을 질렀다.

그가 수입한 것은 사실이다. 하지만 그가 원해서는 아니었다.

"제가 미쳤다고 그걸 수입하겠습니까! 저희 회사는 말이 개별 회사이지 사실상 두한의 하청입니다! 그들 명령을 거부할 수가 없다고요!"

"그건 당신 주장이고요."

"진짜입니다."

3억 달러라는 돈에 홍준구는 눈이 돌아갔다.

자신이 아무리 노력해도, 가진 걸 다 팔아도 그 10%도 안 나오니까.

"저도 사람입니다. 미쳤다고 그걸 수입하고 싶었겠습니까? 제가 일하는 회사의 야적장에 그걸 쌓아 놔야 하는데!"

"그런데 왜 수입한 겁니까?"

"그걸 수입하라고 하니까요!"

"그래요? 증거 있나요?"

홍준구는 다급하게 인터폰을 들었다.

"당장 두한과의 거래 내역 가지고 와! 당장!"

-전부 다요?

"그래, 전부 다! 종이 한 장도 남기지 말고!"

그는 벌벌 떨면서 말했고, 잠시 후 어마어마한 서류가 사장실로 들어왔다.

노형진은 그걸 받아서 스윽 살폈다.

"이건 저희가 증거로 써도 될까요?"

"써도 됩니다. 제발 써 주십시오."

"흠…… 그런데 말입니다, 이건 그냥 거래에 관한 서류입니다. 강제로 거기서 수입하라고 한 내용은 없습니다. 이건 아무래도 못 이기실 것 같은데요?"

"하지만 일본에서 수입한 원자재가 얼마나 싸게 두한에 들어갔는지 보면 아시지 않습니까?"

"그건 당신이 싸게 팔았다는 증거지 그들이 시켰다는 증거는 아니지요."

노형진은 슬쩍 홍준구를 압박했다.

사실 노형진이 노리는 건 이런 게 아니니까.

'접대를 하지 않았을 리가 없지.'

하청을 받는 회사들은 접대하는 게 기본이다.

그리고 그와 관련된 자료들을 몰래 숨겨 놓는 것도 기본이다.

상황이 진짜 막장이 되면 터트리기 위해서다.

'그리고 지금 상황은 충분히 막장이거든.'

노형진은 씩 웃으며 홍준구를 바라보았고, 홍준구는 입술을 깨물었다.

"설마 이 상황에서, 두한이 앞으로도 계속 거래를 이어 줄 거라 생각하시는 건 아니지요?"

"크윽."

노형진의 말이 맞다.

일이 이쯤 되면 두한은 홍준구를 팽한 상황이다.

그런 상황에서 버텨 봐야 손해는 홍준구 자신이 입는다.

노형진은 그런 그를 보면서 살짝 동아줄을 흔들었다.

"만일 충분한 증거를 주신다면 다른 거래처를 찾아 드리지요."

"다른 거래처요?"

"네. 장기적으로 거래하기는 힘들겠지만 단기적으로는 제법 돈을 만지실 수 있을 겁니다. 물론 그사이에 폐업은 준비해야겠지만요."

그 기업은 다름 아닌 대룡이다.

지금 대룡은 두한에 엿을 먹이기 위해 원자재를 닥닥 긁고 있었다.

"좋습니다. 그 자료를 드리지요."

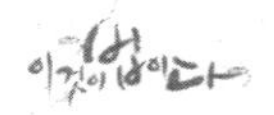

결국 홍준구는 고개를 끄덕거릴 수밖에 없었다.

⚖

—이번에 있잖아, 일본에서 폐철이 엄청나게 싸게 나왔던데? 그것 좀 수입해 봐.

—네? 하지만 그건 방사능에 오염되어 있는데요?

—하지만 가격이 싸잖아.

—방사능에 오염되어 있으니까 싸지요. 그건 쓸 만한 철이 못 됩니다, 부장님.

—그건 우리가 판단해. 그거 수입해. 지금부터 우리가 지급하는 돈은 거기에 맞춰서 줄 거야.

—하…… 하지만 사장님, 그건…….

—어차피 그거 한국에 들어올 때 방사능 검사하는 것도 아니잖아? 들여와서 빨리 돌리면 정부도 몰라. 그거 녹여서 쓰면 된다고.

—부장님, 방사능은 열처리한다고 해서 사라지지 않습니다.

—그러니까 녹여서 다른 철이랑 섞는다니까. 그러면 방사능이 약해질 거 아냐.

—그건 위험합니다, 부장님!

—홍 사장, 사업하기 싫어?

—네?

—요즘 내가 같이 어울려 주니까 우리가 같은 수준인 줄 알아? 시

키면 시키는 대로 해. 홍 사장 회사가 어디 홍 사장 회사야? 우리가 살짝 기침만 하면 날아가는 회사 부여잡고 지랄하지 말고, 수입해서 공급해. 다음 달부터 우리는 일본 고철 기준으로 단가 맞춰서 줄 거야. 알았어?

홍준구와 부장이라는 사람의 대화.

엠버는 혀를 내둘렀다.

–방사능에 오염된 걸 알면서도 강제하는군요.

"그래요. 확실한 증거를 찾았습니다. 이걸 가지고 미국에서 방어하면 될 것 같습니다. 피해자들은 어떤가요?"

–일단 재판이 시작되고 나서 저희가 병원비와 생활비를 지원하고 있습니다.

"배심원들은요?"

–미스터 노의 말대로 살짝 두한 쪽에 적대적인 반응을 보이고 있습니다. 물론 아주 적대적인 건 아닙니다만.

"그 정도면 충분합니다. 애초에 우리가 아무리 노력한다고 해도 순전히 우리 취향대로만 배심원을 심을 수는 없으니까요."

하지만 두한에 적대적인 이상 배심원에 대해 더 이상 신경 쓸 이유는 없었다.

"관련 증거들과 증인들은 조만간 도착합니다."

그 당시 근무자들은 미국으로 가서 증언하기로 약속했다.

심지어 홍준구 역시 결심을 굳히고는 미국행을 결정했다.
그러니 그들이 미국에 가서 증언하는 건 어려운 일이 아니었다.
새론에서 그 정도 비행기값은 지원해 줄 수 있으니까.
"이제는 일을 키워야 합니다."
-하지만 언론에 나가는 건 두한이 어떻게든 막고 있습니다.
"좀 잔인한 방법이지만……."
노형진은 긴 한숨을 내쉬었다.
"아이를 찾으세요."
-아이요?
"네, 아이요. 두한의 차를 모는 부모를 가진 애들이 있을 겁니다. 그 애를 데리고 언론 플레이를 합시다."
-미스터 노, 하지만 그럴 필요까지야 있나요? 이미 배심원은 재판에 들어갔습니다. 이제 완전히 고립된 상황이고, 관련된 어떠한 정보도 얻지 못합니다.
그건 텔레비전이나 인터넷도 마찬가지다.
그들은 재판이 끝날 때까지 고립되어서 법원에서 주는 정보만을 보고 판단한다.
-지금 아이를 이용해서 언론 플레이를 한다고 해도 재판에 어떤 영향도 주지 못하는데, 그게 무슨 의미가 있나요?
"흠…… 그건 그렇지만요. 애초에 우리 목적은 두한에 타격을 주는 겁니다. 재판에서 이기는 게 아니고요."

–두한에요?

“제가 두한에 원한이 있다고 해 두죠.”

노형진은 더 이상 말하지는 않았다.

해 봐야 의미도 없으니까.

“분명 언론 플레이를 통해 압력을 행사해도 배심원들은 모를 겁니다. 하지만 두한의 미국 차 판매량은 절대적으로 곤두박질치겠지요.”

재판을 하는 것은 남의 일처럼 보인다.

물론 방사능 관련 사건인 걸 알기는 하겠지만, 그래도 좀 남의 일처럼 느낄 수밖에 없다.

철저하게 삼인칭으로 전달되니까.

“하지만 언론 플레이는 다르지요.”

자신이 피해자가 될 수도 있다는 공포감, 그걸 건드리는 것이다.

특히나 아이들은 약하다.

당연히 방사능에 훨씬 더 영향을 많이 받는다.

“일본만 해도 현재 과거에 비해 아동 갑상선암 환자가 확 늘어났습니다.”

그러니 아이를 이용해서 언론 플레이를 하면 부모들은 두한의 차량에 공포감을 가질 수밖에 없다.

–두한을 아주 작살내 버릴 생각이군요.

“장기적으로는요.”

-알겠습니다, 미스터 노. 당신의 싸움에 함께하지요. 적당한 아이를 찾겠습니다. 하지만 기자들에게 뿌린다면 그건 좀 어색하지 않을까요? 국민들에게 알리기 위한 좋은 방법이 없습니다. 아시다시피 아이들 개개인의 질병에 대해 기자들이 취재할 리는 없고요.

"걱정하지 마세요. 그걸 도와줄 만한 사람을 알고 있으니까요."

노형진은 자신 있게 말했다.

⚖

노형진이 도와 달라고 한 사람은 다름 아닌 손채림이었다.

정확하게는 손채림이 관리하는 계정이다.

손채림은 전 세계의 많은 사람들과 거래하고 그들과 SNS를 한다.

당연히 그 안에는 재벌에서부터 할리우드 스타까지 다양한 사람들이 연관되어 있다.

물론 개인 계정이 아니라 일종의 사업 계정인 만큼, 쓸데없는 말은 잘 올리지 않는다.

"하지만 올린 건 그만큼 파급력이 있지."

쓸데없이 자주 올리는 게 아니라 올리는 것 하나하나가 파급력이 강하달까?

가령 어떤 영화에 대한 투자 이야기라도 하면 그 영화에 투자가 몰려드는 식으로 말이다.

"이걸 이렇게 하나만 올려 두면……."

노형진은 엠버의 SNS에 올라온 걸 손채림이 팔로잉하도록 해서 다른 사람들이 볼 수 있게 해 놨다.

"역시 엠버야. 미국 사람들이 품고 있는 감정을 정확하게 알고 있어."

친모 혼자서 키우는 소녀.

아버지는 출근 중 갱단의 총격전에 휘말려서 죽임을 당했고, 어머니는 햄버거 가게에서 일하고 있다.

그런데 어린 딸이 암에 걸려 현재는 병원에 입원해 있다.

국가 빈민 지원 병원이라 제대로 된 치료는 기대할 수 없는 상황이지만 그렇다고 다른 곳으로 갈 수도 없다.

돈이 없으니까.

"그리고 그들의 차량이 바로 두한의 차량이지."

중고로 산 두한의 차량.

싼 가격의 물건을 그나마도 돈이 없어서 중고로 사야 했던 모녀에게 벌어진 지옥 같은 상황.

그나마 그녀가 산 차도 중형이나 준중형이 아니었다.

미국에서 대형 차량을 사면 소형차를 한 대 줄 때 나온 차.

즉, 1+1로 준 차를 중고로 팔아 버린 것이다.

-내 계정 터진다.

손채림은 어마어마하게 늘어난 접속률을 보고 혀를 내둘렀다.

"그러겠다."

사업에 관련된 계정이나 정보라면 다른 사람들이 공유를 하지 않겠지만 불쌍한 사람을 돕고자 하는 정보였고, 할리우드의 스타들과 부자들은 너도나도 이를 공유했다.

당연히 단시간 내에 수천만이 그걸 보았고, 다른 계정에서 본 것까지 생각하면 억 단위는 가뿐하게 넘어갔다.

－너무 복잡해지는 건 아닌가 몰라?

"어차피 공개 계정이잖아. 딱히 중요한 것도 없는데 뭘."

－그렇기는 하지.

"그리고 자기 취향의 정보가 올라오지 않으면 알아서 언팔하고 나갈 거야."

중요한 것은 지금의 화력이다.

당장 그 소식이 전해지자 여기저기 언론사에서 취재를 하겠다고 연락이 오고 있었다.

"일단은 여론이 중요하니까."

－그런데 재판에 영향도 못 준다면서 왜 한 거야? 물론 그 애를 도와주는 게 목적이라면 좋은 의미이기는 한데.

"물론 도와주는 것도 목적이기는 해. 하지만 다른 목적도 있어."

－다른 목적?

"그래. 금방 효과가 나올 거야, 후후. 이제 두한에 폭탄을 하나씩 배달해야지."

그리고 그 첫 폭탄은 아마 두한 입장에서는 상당히 아플 거라고 노형진은 확신했다.

⚖

두한의 회의실. 그 안에서 이상주는 부들부들 떨고 있었다.

"그래서 대책이 없다?"

"그게…… 저희도 나름 대책을 강구하고 있습니다만 딱히 다른 방법이……."

그냥 뇌피셜이라면 문제가 안 된다. 그런데 진짜로 자동차에서 방사능이 나와 버렸다.

그 때문에 사건은 극도로 불리하게 돌아가고 있었다.

"지금 방사능에 오염된 차들이 속속 드러나고 있습니다."

물론 한국에서 두한이 수출한 모든 차들이 다 방사능에 오염된 것은 아니다.

완전히 고철로 철강을 만든 것도 아니고 수입할 때 한 말처럼 그걸 가지고 와서 녹여 다른 철과 섞으면 확실히 방사능은 기준치 이하로 떨어지는 것도 사실이다.

"하지만 가끔 폐철이 많이 들어간 시기에 만들어진 철강들은 아무래도 기준치 이상이 나오는 것 같습니다."

"그래서 그게 얼마나 되는데?"

"그게…… 알 수가 없습니다."

"뭐?"

"알 수가 없습니다. 저희도 나름 조사하려고 하지만 워낙 수출된 차들이 많아서……."

가성비가 좋다 보니 나름 판매량이 많았다.

특히나 후쿠시마 사태 이후에 사람들은 일본 상품을 꺼렸고, 그래서 선택한 것이 한국 상품이었다.

기술력도 좋고 가격도 싸니까.

그런데 그게 도리어 독이 되어 버렸다.

갑자기 판매량이 늘어서 다급하게 후쿠시마에서 고철을 수입해서 섞은 것이 문제가 될 줄이야.

"최대한 우리와 상관이 없다고 언플해. 그 꼬맹이가 백혈병에 걸린 게 왜 우리 책임이야? 전혀 상관없다고 주장해."

결국 방법은 그것뿐이기에 이를 박박 갈면서 이상주는 명령을 내렸다.

"그리고 당장 미국 지점에 이야기해서 광고량 두 배, 아니 세 배로 늘리라고 하고, 광고는 자연주의 같은 쪽으로……."

해결책을 찾기 위해 머리를 싸매는 그 순간, 문이 열리면서 아들 이문소가 들어왔다.

"오늘 중요한 회의가 있다고 하지 않았느냐? 정신 어디다 두고 다니는 거야!"

이상주는 짜증 난다는 듯 말했다.

당장 기업이 흔들리게 생겼는데 중요 회의에 지각이라니.

그런데 이문소의 표정이 이상했다.

“아버지, 지금 회의 주제를 바꿔야 할 것 같습니다.”

“뭐? 그게 무슨 소리야?”

이문소의 입에서 긴 한숨이 나왔다.

“방금 미국에서…… 후쿠시마 사태 이후에 우리가 수출한 모든 차량에 대한 전량 리콜 명령이 떨어졌습니다.”

“뭐어?”

다들 입을 쩍 벌릴 수밖에 없었다.

최악의 사태가 벌어지기 시작했다.

선빵이 크리티컬 히트

리콜이란 제품에 하자가 있는 경우 그걸 상대방에게 고지하고 한꺼번에 수리하는 것을 말한다.

"한국과 다르게 미국은 리콜에 적극적입니다."

노형진은 뉴스를 보면서 유민택에게 말했다.

"그건 그렇지. 한국은 국가가 철저하게 기업 편이니까."

그래서 꼭 리콜해야 하는 경우에도 강제적 리콜이 아니라 자발적 리콜이라는 이름으로 이루어지는 경우가 많다.

그런데 똑같은 리콜이지만 그 둘은 완전히 다르다.

강제적 리콜은 어떻게 해서든 알려서 수리받도록 해야 하지만, 자발적 리콜은 하자를 알고 요청하는 사람에게만 수리해 주면 되기 때문이다.

"그나마도 무상 수리라는 애매한 말로 리콜을 인정하지 않으려고 하지만요."

"하여간 이번에 두한은 타격이 크겠어."

"그래서 제가 아이를 이용한 겁니다. 리콜이 들어가면 타격이 어마어마할 테니까요. 소송만 진행하면, 엄밀하게 말하면 그건 빌 하머 씨와 두한의 문제입니다. 정부에서 끼어들 이유가 없지요. 하지만 아이라는 존재가 끼어들면? 미국 정부는 리콜을 선택하지 않을 수가 없지요."

미국의 아동에 대한 보호는 최소한 겉으로 드러난 것만 보면 아주 강력하게 이루어지고 있다.

부모가 아동 강간을 해도 돌려보내는 한국과 다르게, 미국은 친부모라고 해도 객관적으로 아이를 키우는 데 부적합하다고 판단되면 양육권을 박탈해 버린다.

"그런데 방사능 차량으로 인해 아동에게 암이 발생했다? 그런 의심이 있다는 것만으로도 충분히 리콜 대상이 됩니다. 그리고 우리는 더 이상 찾아다니면서 방사능 측정을 할 이유가 없어지지요."

지금까지는 드림 로펌에서 사람을 사서 암이나 백혈병 환자들에 대한 조사를 하거나 길에 있는 두한의 차량에 대한 방사능 조사를 하면서 방사능 오염을 확인했다.

"하지만 이제는 정식으로 리콜이 들어갔으니까 그럴 필요가 없습니다."

리콜이 들어간 이상 모든 차량을 점검하고 정부에 보고해야 한다. 정부에서 강제 리콜을 해 버렸으니까.

“그리고 방사능 오염된 차량들이 많다는 것은 우리가 재판에서 유리해진다는 것을 의미하지요.”

유민택은 미소 지었다.

“그렇잖아도 지금 두한에서는 난리가 난 모양이더군. 현 상황은 리콜로 해결할 수 있는 게 아니니까.”

“벌써 그쪽 정보가 나왔습니까?”

“그 정도는 정보라고 할 수도 없지.”

어깨를 으쓱하는 유민택.

“두한 입장에서는 현 상황을 해결할 수 있는 방법이 없을 테니까. 당연한 거 아닌가?”

리콜이라는 것은 그 문제를 해결하기 위해 하는 것이다.

가령 문이 주행 중에 자꾸 열리면 그 문제를 해결하기 위해 소프트웨어를 업데이트하든가 아니면 차량의 잠금장치를 바꿔야 한다.

당연히 회사는 전자를 선호한다.

후자는 돈이 들기 때문이다.

그러나 대책이 없으면 후자를 하기는 해야 한다.

“근데 이건 차량 자체가 문제이지 않나?”

부품이나 프로그램의 문제가 아니라 자동차 그 자체에서 방사능이 나온다.

당연히 두한에서 아무리 노력한다고 해도 차에서 뿜어져 나오는 방사능을 처리할 방법은 없다.

"환불 요청이 미친 듯이 들어오겠지."

수리할 수 없는 심각한 증상인데 사람들이 그걸 탈까?

방사능이 뿜어져 나오는 차량을 세상의 누가 타겠는가?

"하지만 환불은 불가능할 테고 그에 관련된 교환도 불가능하니, 결국 소송으로 가겠군."

만일 그 모든 차량들을 다 교체해 주거나 하면 두한자동차는 심각한 타격을 입을 수밖에 없다.

최소한 몇 년 치 수익을 모조리 줘야 하는 데다가, 그렇게 들어온 방사능 차량들에 대한 처리 문제로도 어마어마하게 비용을 들이게 될 것이다.

"물론 대부분의 차량에서는 기준치 이하일 가능성이 높지요."

"그런가?"

"네. 하지만 그게 제가 노리는 겁니다."

"노리는 거?"

"제 경험상 이런 경우 기업 차원에서 할 수 있는 최고의 방어는 바로 '기준치 이하'라는 말입니다."

빌 하머처럼 수치가 높을 가능성은 사실 낮다. 빌 하머가 무척이나 재수가 없었던 것이다.

"그러나 '수치가 낮다', '기준치 이하다'라는 말로 커버를 한다고 해도 결국 재판으로 들어가게 되면 불리한 건 두한입니다. 미국을 달리 소송의 나라라고 하는 게 아니니까요."

'전자레인지에 고양이를 넣고 돌리지 마시오.'라는 말이 있는 이유가 바로 그 지긋지긋한 소송 때문이다.

물론 실제로 그런 일이 있었던 것은 아니다.

그건 소위 말하는 도시 전설이며, 제조자의 책임자 배상 문제를 위해 교수가 만들어 낸 가짜 사건이다.

하지만 그보다 더 황당한 이유로도 소송을 할 만큼 소송이 많은 곳이 미국이다.

"아마 리콜에 들어가서 방사능이 인정되는 순간 미친 듯이 소송이 진행될 겁니다."

그리고 그걸 막아야 하는 두한은 미치고 팔짝 뛸 것이다.

"그사이 우리가 그들의 움직임을 봉쇄하면 타격은 더욱 커지겠지요."

"자네를 적으로 안 돌린 게 다행이지 싶군."

유민택은 쓴웃음을 지으며 말했다.

"두한이 이번에 어떻게 이겨 낼지 참으로 궁금해."

⚖

이문소는 다급하게 미국으로 출국했다.

사건이 너무 커져서 어떻게 할 수가 없기 때문이다.

그가 도착했을 때 현장은 아주 개판이었다.

"이거 어쩔 거야!"

"방사능이 나오잖아! 방사능이!"

"아니, 당신들 때문에 내가 아프잖아!"

리콜을 하기 위해서는 당연히 차량을 가지고 그곳에 가야 한다.

드림 로펌에서는 당연히 그 앞에다가 임시로 사무실을 구해서 방사능 측정기로 방사능을 측정해 주고 있었다.

기본적으로 방사능 측정기는 개인이 사기에는 좀 가격이 있는 데다가 그다지 범용성이 있지도 않으니까.

그래서 그 앞에서 방사능 측정을 해 줬다.

물론 방사능이 검출되는 경우 소송을 드림 로펌에 맡긴다는 조건이기는 하지만, 자기들이 측정할 수도 없는 상황이고 또 두한의 서비스 센터의 말을 다 믿을 수도 없기 때문에 사람들은 미친 듯이 몰려올 수밖에 없었다.

"저 새끼는 뭐야?"

두한의 서비스 센터 앞에 아예 '방사능 측정 중'이라고 쓴 간판까지 단 드림 로펌을 보고 이문소는 너무 어이가 없어서 말이 안 나왔다.

"저게 이번에 우리한테 소송을 건 그놈들입니다."

"뭐?"

"드림 로펌이라고, 미국에서 대형 로펌입니다. 우리들한테 징벌적 손해배상 청구를 했습니다."

"이런 개 같은 새끼들이."

이문소는 이를 박박 갈면서 그들을 노려보았다.

하지만 법적으로 유리한 것은 저들이고, 자신들은 불리한 상황.

"저거 어떻게 못 해?"

"그게, 완전히 개별적인 건물인지라 어떻게 할 수가 없습니다."

"업무방해 같은 거로는 처리 못 하냐고!"

"우리 업무를 방해하는 게 아니라서……."

그저 리콜을 하기 위해 오는 차량들을 대상으로 방사능 측정을 해 주는 것뿐이다.

그것도 공짜로 말이다.

물론 당하는 두한 입장에서는 미치고 팔짝 뛸 일이지만.

"지금 상황은 어때?"

"좋지는 않습니다. 90% 이하는 기준치 이하로 나오고 있습니다만."

"90%? 나머지는?"

"나머지는 기준치 이상입니다. 그중에서 심한 건 백 배까지……."

"뭐? 백 배!"

이문소는 정신이 아찔했다.

이런 경우는 덮을 수 있는 수준이 아니기 때문이다.

"그 차량 운전자는? 어떻게 해서든 입을 다물게 해. 돈을 얼마나 주든 입을 다물게 해야 한다고!"

"그게 불가능합니다. 이미 저들에게서 측정을 하고 의뢰를 하고 온 상황인지라."

"……."

이문소는 황당한 표정으로 드림 로펌 쪽을 바라보았다.

"대부분의 사람들이 그렇습니다. 이쪽으로 바로 오기보다는 저쪽에 먼저 들릅니다. 더군다나 우리한테 온다고 해도, 우리가 할 수 있는 게 없습니다."

방사능에 오염된 차를 통째로 바꾸기 전에는 리콜이 끝날 수가 없다.

"그래서 리콜된 차량이 계속 들어오고 있는데 둘 자리조차 없습니다. 리콜의 경우는 다른 차량도 지원을 해 줘야 하는데 지금 렌터카들조차도 바닥을 보이고 있는 상황입니다."

눈을 데굴데굴 굴리면서 보고하는 담당자.

"본사 차원에서 해결책이 나오기 전에는……."

본사 차원에서 딱히 해결책이 나올 리가 없기 때문에 이문소도 말을 할 수가 없었다.

"현 상황에서는 아무것도 할 수가 없습니다."

"끄응……."

이문소는 신음 소리를 낼 수밖에 없었다.

⚖

—이문소를 만났습니다. 협상을 하자고 하더군요. 피해자에게 20억을 주는 조건으로 소송을 취하해 달랍니다.

"개소리하지 말라고 하세요."

노형진은 코웃음을 쳤다.

고작 20억으로 끝날 사건이 아니다. 200억을 줘도 취하해 줄까 말까인데 고작 20억이라니.

"저쪽은 징벌적 손해배상을 피할 생각일 겁니다. 그래서 그걸 기준으로 판단하는 거고요."

—하지만 어떻게 피할 생각인 걸까요? 증인과 증거가 다 이쪽에 있는데요.

이미 그 원자재를 수입했던 사람들이 미국으로 가서 증언을 했다. 그리고 그 관련 증거까지도 있다.

현실적으로 징벌적 손해배상을 피할 방법이 없다.

"그러니까요. 그게 문제군요."

노형진은 턱을 문질렀다.

지금까지는 자신의 계획대로 일이 진행되고 있다.

그런데 저들은 단순한 손해배상으로 사건을 보고 있는 것 같다.

"물론 단순한 손해배상도 절대 싼 가격은 아니겠지만요."

어찌 되었건 두한의 자동차가 가성비가 좋은 것은 사실이다. 그래서 미국에서 적지 않은 양이 판매된 것도 사실이고 말이다.

"그러니 그들에게 배상을 다 해 주려면 어마어마한 돈이 들어갈 겁니다. 그러니 징벌적 배상을 최대한 피하고 싶겠지요."

–소문으로는 기준치 이상의 방사능이 나온 사람들에게 개인적으로 접촉하고 있다고 하더군요.

"우리가 거기서 측정하고 수임하지 않았나요?"

–그랬지요. 하지만 개인적인 접촉까지 막을 수는 없어요. 아시다시피 소송이라는 게 비용이 어마어마하게 들어가니까요. 그리고 이런 말 하긴 그렇지만, 미국은 문맹률이 좀 높은 편입니다.

엠버의 말에 노형진은 피식 웃었다.

미국인들은 생각보다 무식하다.

대통령이 누구인지 모르는 사람들도 상당수 있는 수준이다.

엠버는 그걸 돌려서 까는 것이다.

"미래에 받을지 못 받을지 불확실한 돈보다는 확실하게 받을 수 있는 눈앞의 돈을 선택하는 사람도 분명 있을 겁니다."

노형진은 고개를 끄덕거렸다.

미래에 20억 정도를 받을 수 있게 된다 해도, 정확한 금액은 재판이 끝내 봐야 알 수 있다.

하지만 당장 5억을 준다고 하면 미래의 20억은 의미가 없어진다.

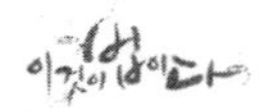

–병에 걸린 사람이라면 모르지만요. 아니, 병에 걸려서 더 그럴지도 모르겠네요.

어마어마하게 들어가는 진료비. 그 때문에 당장 현금이 필요하다.

미래의 20억을 기다리다가 죽을 수도 있다.

"하긴 빌 하머 씨가 좀 특수한 경우지요."

빌 하머는 완전 시한부다. 더 이상 어떻게 살아남을 방법이 없다는 소리다.

그에 반해 다른 사람들은 그 정도는 아니다.

치료를 하면 살 수도 있고, 살기 위해서라도 돈이 필요하다.

"두한이 제법 머리를 쓰네요."

노형진은 혀를 끌끌 찼다.

그들이 그렇게 나오면 노형진은 방법이 없기 때문이다.

현실적으로 그들 모두를 도와줄 수는 없다.

당장 인디언 자치구 내의 암 병동은 포화 상태여서 더 이상 환자를 받을 수도 없는 수준이고 말이다.

"그 부분에 대해서는 우리도 어쩔 수 없으니 그냥 둡시다. 다만 다른 부분에 대해서는 최대한 타격을 입혀야지요."

–어떻게 말인가요? 사실 지금 상황만으로도 두한은 심각한 타격을 입었습니다. 리콜에 들어가는 비용만 조 단위가 넘을 테고, 손해배상까지 생각하면 본사까지 흔들릴 텐데요?

"그럴 수도 있겠지요. 하지만 전 한 번 더 카운터를 날려 볼 생각입니다. 이건 한국도 마찬가지일 테고요."

―한국요?

"네, 한국요."

노형진은 자신 있게 말했다.

"아마 이번 사건 이후에 두한의 시장점유율은 미친 듯이 떨어지기 시작할 겁니다."

노형진은 미국의 사건을 한국에다가 터트렸다.

그동안 두한에서 어떻게 해서든 해당 사실을 감추기 위해 노력해 왔고 언론사들과 정부도 그런 그들을 도와줬다고 하지만, 노형진이 작심하고 인터넷에 뿌리기 시작하자 퍼지는 것은 순식간이었다.

"그리고 한국에는 암 환자들이 엄청 많은 편입니다. 대부분의 대형 병원들이 암 병동을 만드는 데에는 다 이유가 있는 거지요."

노형진의 말에 유민택이 고개를 끄덕였다.

"그리고 상당수의 한국 사람들은 두한의 차량을 이용하고 말이지."

"맞습니다."

노형진은 그렇게 말하면서 씩 웃었다.

"미국에서 일이 터졌지만 한국이라고 해서 그게 수습이 되지는 않을 겁니다. 이미 인터넷에는 두한의 차들을 검사하는 콘텐츠가 있더군요."

그러자 유민택이 어리둥절한 표정으로 노형진을 쳐다보았다.

"그거 자네가 만든 거 아닌가?"

"하하하."

노형진은 방사능 측정기를 가지고 돌아다니며 랜덤하게 두한의 차량에서 나오는 방사능을 측정하는 콘텐츠를 만들어서 인터넷에 뿌렸다.

어차피 주차된 차들이고 차량 번호만 가리면 문제 될 것이 없으니까.

당연히 그중에는 방사능이 검출된 차량들이 있었고, 두한은 허둥거리면서 인터넷에 있는 글을 내리려고 했지만 아무리 노력한다고 해도 이 문제는 도무지 덮이지가 않았다.

"맘 카페라니, 머리가 진짜 좋아."

"세상에서 가장 강한 게 어머니라는 말이 있으니까요."

노형진은 인터넷에 퍼트리는 방법으로 다름 아닌 맘 카페를 이용했다.

물론 사회적으로 문제가 많은 곳이기는 하지만 그곳의 파급력은 약하지 않았고, 특히나 아이들에 대해서는 무척이나 예민한 곳이 맘 카페니까.

"그곳을 제대로 이용하면 안 퍼질 수가 없지요."

어린아이를 데리고 있다는 것은 나이가 많지 않다는 뜻이며, 그 나이대의 사람들은 대부분 두한의 차량을 이용한다.

그런 상황에서 방사능이 검출되었다는 소문이 나자 다들 공포에 떨기 시작했다.

"그런데 공격할 곳이 더 남았다는 게 뭔가?"

"한국에서 두한의 차량이 인기가 있는 이유가 뭔지 아십니까?"

"일단 가격이겠지."

다른 회사들도 있지만 현실적으로 가장 싼 곳은 두한이다.

물론 품질에 대한 약간의 의심은 있지만 현실적인 문제가 있으니까.

"물론 가격 문제도 있지요. 하지만 상당수의 사람들이 두한의 차를 선택하는 이유는 수리비와 중고차값 때문입니다."

노형진은 소파에 기대서 느긋하게 말했다.

"일단 두한은 한국에서는 절대 리콜을 해 주지 않을 겁니다. 할 수가 없지요."

"그렇겠지. 정부에서 가만둘 리도 없고."

"그러면 그 차들은 어디로 갈까요?"

"그건…… 중고차 시장이군."

중고차 시장. 현실적으로 새 차보다 중고차를 사는 사람들이 더 많다.

돈이 없는 사회 초년생들에게 몇천만 원은 너무나 큰돈이다.

"맞습니다. 중고차 시장이지요. 그리고 중고차 시장에서 가장 큰손이 누구지요?"

"우리군."

유민택은 방긋 웃었다.

과거에 노형진과 함께 성화와 싸우면서 중고차 시장을 싹 쓸어버린 적이 있다.

그들이 너무 양아치 짓거리를 해서, 일종의 청소를 한 것이다.

"현 상황에서 대룡이 차량 방사능 측정을 시작하면 어떻게 되겠습니까?"

"하!"

중고차가 가지는 가치는 아주 중요하다.

그럴 수밖에 없는 게, 차량의 거래라는 게 일종의 순환이 있기 때문이다.

새 차를 사람은 새 차만 계속 사는 편이다.

새 차를 사서 3년쯤 타다가 보증이 끝나 갈 때쯤 해서 그걸 중고로 팔고, 그 돈에 좀 더 자금을 합해서 다시 새 차를 사는 것이 새 차를 선호하는 사람들의 패턴이다.

"그런데 만약 중고차가 정상적인 가격으로 나오지 않기 시작하면요?"

"그 차를 사는 사람은 없겠지."

"그리고 문제가 되는 건 딜러들이지요."

"딜러? 딜러들은 왜?"

"중고차 거래는 중개가 아닙니다."

누군가 소유한 차량을 중개해서 파는 게 아니라, 딜러들이 차량을 구입해서 보관하고 있다가 적당한 가격에 파는 것이다.

"그런데 방사능에 오염된 차들이 있다고 생각해 보세요. 그 차들이 팔릴까요?"

팔릴 리가 없다.

그걸 사 가는 미친놈은 절대 없을 것이다.

"그러면 중고차 딜러는 다급한 상황에 빠지게 됩니다. 대부분의 중고차 딜러들은 쩐주를 물거나 대출을 받아서 하거든요."

그런데 중고차 가격이 똥값이 되고 그나마도 안 팔린다면?

중고차 딜러들은 극단적인 상황으로 몰릴 수밖에 없다.

"그러면 그들이 책임을 물을 곳은 한 곳뿐이지요."

"두한이군."

"두한에 책임을 묻기 시작하면 일단 시작은 하는 겁니다."

현재 방사능 문제가 연일 세상을 시끄럽게 하고 있지만 정작 두한에 싸움을 거는 사람은 없다.

혹시나 그들에게 찍힐까 봐 두려운 것이다.

두한은 다른 사람들에게 충분한 타격을 줄 수 있는 대기업이니까.

"하지만 딜러들은 막장이지요."

망하든가, 싸워서 살아남든가.

당연히 딜러들이 뭉쳐서 소송을 하게 되면 두한도 당황할 수밖에 없다.

중고 거래가 되지 않는 차를 사려고 하는 사람은 없으니까.

"이제 두한자동차의 기둥뿌리를 흔들 시간입니다, 후후후."

대룡에서 중고차 거래를 할 때 방사능 측정을 필수 조건으로 넣고 전수조사를 시작하자 중고차 시장은 난리가 났다.

"그 소문 들었어?"

"무슨 소문?"

"대룡에서 가지고 있는 차 중에서 서른 대를 폐기했다네."

"뭐? 서른 대?"

딜러들의 눈이 커졌다. 그리고 그 이야기를 한 사람에게 모여들었다.

"그게 무슨 소리야? 폐기라니."

"소문 못 들었어? 대룡에서 차량 전수조사해서 방사능 차량 서른 대를 폐기했대."

"미친 거 아냐?"

서른 대면, 한 대당 2천만 원이라고 가정할 경우 6억이다.

절대 적은 돈이 아니다.

그런데 그걸 그냥 버렸다니?

"지금 대룡에서는 가지고 있는 차량에 대한 방사능 전수조사 한다고 난리야."

"우리는 어쩌지?"

"우리도 해야 하는 거 아냐?"

"우리가 하면? 어쩔 건데? 그거 안 팔 수 있어?"

"……."

대룡이야 안 팔고 폐기한다고 해도 충분히 버티겠지만 당사자인 딜러들은 못 버틴다.

그렇다고 해서 그걸 그냥 팔 수도 없다.

알면서도 팔면 나중에 손해배상 청구가 될 테니까.

애초에 팔 수조차 없을 것이다.

사람들이 중고차 거래를 하려 한다면 방사능 점검을 한 대룡으로 가지 하지 않은 자신들에게 올 리가 없으니까.

"씨발, 이거 어쩌지? 우리 이대로 망해야 해?"

"지금 그 차만 문제가 아니라고."

"응? 그게 무슨 소리야?"

처음 말을 꺼낸 직원의 말에 다들 고개를 돌려서 그를 바라보았다.

그리고 이어지는 그의 말에 다들 침을 꿀꺽 삼켰다.

"오염된 차 한 대만 팔아먹지 못해도 타격이 큰데 그 주변에 있는 차들도 못 팔아먹게 생겼다고."

"아니, 그게 무슨 소리야? 주변에 있는 차들을 왜 못 팔아?"
다들 당황해서 우르르 몰려들었다.
"너희들은 인터넷도 안 보냐? 사람도 방사능에 오염되어서 암도 걸리고 백혈병도 걸리는데, 차라고 오염이 안 되겠냐?"
"뭐?"
"간접 오염이라고 하잖아. 방사능 덩어리 옆에 있는 차들은 방사능에 오염이 안 되겠냐고."
"자, 잠깐! 그러면?"
"우리, 좆된 거야, 씨발."
방사능 차가 한 대만 있어도 주변 차들까지 전부 못 파는 거다.
최소 세 대에서 네 대는 못 파는 차가 된다.
"그나마 그게 우리 차면 다행이지. 남의 차면 어쩔 건데?"
"……."
중고차 딜러들이 모든 거래를 자기 차만 하는 건 아니다.
그러면 보여 줄 수 있는 차들이 한계가 있다.
그래서 보통 중고차 단지에 전산을 만들고 모든 차들을 등록한 후에 판매해서 수익을 나누는 편이다.
당연히 차들은 현장에서 복잡하게 엮여 있다.
"남의 차면 그것까지 물어 줘야 해. 염병. 우리 다 망한 거야."
"이거 어떻게 해?"
"아니, 이거 그냥 기다릴 상황이 아니잖아."

딜러들은 공포감에 부들부들 떨었다.

진짜 자기들의 모가지까지 칼날이 들어온 기분이었다.

"그러면 어쩌지? 이 상황에서 그냥 망해야 해?"

그때 누군가가 불쑥 말했다.

"그 뭐냐, 미국처럼 소송을 해야 하지 않을까?"

"뭐? 두한을 대상으로?"

"아니면 그냥 여기서 죽을 거야?"

"……."

"애초에 차를 파는 게 문제가 아니잖아. 그 차를 관리하는 건 우리 아니었어? 301호 김 과장 기억 안 나? 급성 백혈병으로 훅 갔잖아. 그 이유를 알기나 하냐고, 우리가."

"……."

방사능에 오염되어 백혈병이 온 건지 아니면 다른 이유인지 알 수는 없다.

하지만 한 명이 죽었고, 그들은 그걸 봤다.

당연히 공포감에 들 수밖에 없다.

"어차피 막장이잖아."

"그건 그런데……."

"차라리 우리가 두한의 자동차를 다 소송해서 물어 달라고 하자고. 그래야 우리가 살아. 저거 다 못 팔면 어떻게 되는지 몰라서 그래?"

아마도 돈을 빌려준 은행 같은 곳에서 그들을 죽이려고 할 것이다.

그들의 인생은 그대로 망가지는 것이다.

"이대로 그냥 당하지 말고 최소한 발악이라도 해 보자고."

"어떻게? 우리한테 무슨 힘이 있다고?"

"맞아. 상대방은 두한이라고. 우리가 싸워 봐야……."

이기기 힘들다. 그들은 그걸 알고 있었다.

더군다나 한국에서 기업 편들어 주는 게 어디 한두 해 문제던가?

그러나 두한에 소송하자고 한 사람은 그렇게 생각하지 않는 듯했다.

"아니, 반대로 생각해 봐."

"무슨 소리야?"

"두한이 차를 팔아먹을 수 있는 이유가 뭔데? 우리가 중고로 소비해 줘서 아냐?"

"응? 그건 무슨 해괴한 논리야?"

"해괴한 논리가 아니라, 생각해 보라고. 우리가 두한의 자동차를 거래해 주지 않으면 누가 두한의 차를 사려고 하겠어? 안 그래?"

"그건 그렇지."

다들 고개를 끄덕거렸다.

특별한 경우가 아니라면 그렇게 판 차의 대금으로 다른 차를 사는 게 사람들의 패턴이니까.

"그러니까 우리가 그 차들 거래를 중지시키면 어떻게 되겠어? 두한 차가 안 팔릴 거 아냐?"

"오호?"

"우리도 어떻게 해서든 돈을 받아 내야 해. 이대로 당할 수는 없다고. 다 같이 죽을 생각은 아니지?"

"그건 그렇지……."

"같이 소송 진행하자. 어차피 이 상황에서 우리 미래는 뻔해."

생각을 바꾼 딜러들은 진지하게 고개를 끄덕였다. 몇몇은 흥분한 기색으로 다급하게 외쳤다.

"다른 사무실에 있는 놈들도 끼워 넣자! 어차피 그걸 하려면 인원이 많아야 할 거 아냐! 그래야 소송비라도 아끼지!"

"그렇지, 그래야 소송비라도 아끼지. 다들 가서 친구들 데려와 봐. 이 문제에 대해 진지하게 이야기하자고."

딜러들은 다급하게 움직이기 시작했고 맨 처음 이야기를 꺼낸 남자는 살짝 미소를 지었다.

⚖

"도대체 일이 어떻게 되어 가고 있는 거야!"

이상주는 숨이 턱턱 막혔다.

수십 년간 두한을 이끌어 오면서 수많은 위기를 이겨 냈다.

하지만 지금의 위기는 어느 때보다 컸다.

단순히 기업 내부의 문제가 아니라 기업 외부의 문제니까.
"중고차 딜러들이 배상을 요구하면서 소송을 걸었습니다."
"고작 중고나 파는 녀석들이, 미친 거 아냐?"
이상주의 입장에서는 버러지나 마찬가지인 놈들이다.
그런데 그런 놈들이 뭉쳐서 당분간 두한의 차량을 거래하지 않겠다고 했다. 물론 방사능 차량으로 인해 발생하는 손실을 물어내라고 하는 소송은 기본이었다.
"하지만 회장님, 이건 타격이 너무 큽니다. 지난 일주일간 팔린 차량이 단 서른 대뿐입니다."
"뭐?"
일주일에 두한에서 나가는 차가 수천 대다.
그런데 서른 대라니?
"고작? 어떤 모델이?"
"어떤 모델이 아니라 다 그렇습니다. 미국 수출도 막혔습니다. 전수조사가 끝날 때까지 통관을 못 시켜 주겠답니다."
"이런 미친 새끼들이……."
두한자동차는 두한의 핵심 산업이다. 그런데 그 두한자동차가 흔들리고 있었다.
"나름대로 방법을 강구하고 있지만 차량에서 검출되는 방사능 수치가 너무 치명적입니다."
"기준치 이하라고 해!"
"기준치 이하라고 주장하고 있지만 사람들이 안 믿습니다.

종종 나오는, 그중 기준치를 넘어서는 차량들이 문제구요."
"끄응."
이상주는 머리가 지끈거렸다.
"당분간은 공장 중단시켜."
"네? 하지만……."
"지금 하나도 안 팔리는데 어쩔 거야? 재고만 쌓일 거 아냐? 수출도 안 된다면서? 그러면 당연히 공장을 정지시켜야지!"
이상주의 말이 맞다. 그래야 정상이다.
그러나 비서는 우물쭈물하며 말했다.
"하지만 노조에서 가만히 있지 않을 겁니다."
"가만히 안 있으면 어쩔 건데? 그렇잖아도 그 녀석들 요즘 간땡이가 부었어. 이참에 기를 좀 죽여."
"기를 죽이란 말씀은……?"
"개기는 놈들 몇 자르면 알아서 기겠지. 핑계도 적당하고."
이상주는 그렇게 생각했다.
하지만 생각보다 노조가 더욱 강성이라는 것을 이때의 그는 몰랐다.

⚖

"이 건에 대해서는 우리도 배상을 받아야 합니다."
노조 위원들은 강력하게 주장하고 있었다.

"정보에 따르면 회사 내부에서 곳곳에 방사능 피폭 흔적이 나타났다고 합니다."

"그게 사실인가요?"

"네, 미국 법원에 제출된 자료에 따르면 그렇습니다. 익명의 제보가 있었는데, 회사 내부에 방사능의 피폭 흔적이 나왔답니다."

"그걸 우리한테 비밀로 하고 있었고요?"

흥분하는 노조 위원들.

아무리 회사와 노조는 상생하는 사이라고 하지만 그건 어디까지나 상대방이 같이 살려고 할 때의 이야기다.

자신들이 일하는 곳이 방사능에 오염되어 있는데 그걸 비밀로 했다는 것은 심각한 문제다.

"더군다나 이번 갑작스러운 공장 정지는 우리를 길들이려는 게 목적입니다."

"하지만 상황이 안 좋으니까 그런 거 아닌가요?"

누군가 걱정스럽게 말했다.

그러자 다른 의원이 피식하고 웃었다.

"박 위원, 이번에 새로 선출된 거지요?"

"네? 아, 네. 이번에 처음 선출되었습니다."

"회사에서는 무슨 일이 있을 때마다 저런 식으로 대응합니다. 아마 잘 모를 테지만요."

"그게 무슨 말이지요?"

박 위원은 고개를 갸웃했다.

“쉽게 말해서 이런 겁니다. 경기가 아무리 좋아도, 경상수지가 역대급 흑자라고 해도 언론과 기업들은 경제가 위기라고 합니다. 왜 그럴까요? 우리에게 과실을 나눠 주기 아까우니까요. 경기가 안 좋다, 그러니까 너희가 희생해라. 이런 겁니다.”

“아…….”

“이번에도 마찬가지입니다. 물론 기업이 힘든 것은 사실입니다. 하지만 아직 소송에 진 것도 아니고 돈을 지급한 것도 아닙니다. 판매량이 줄어들었다고 하지만 그 여파가 아직 공장까지 닥칠 상황도 아니지요. 그런데 상부에서는 공장을 정지시키고 기업의 핑계를 대고 있습니다. 그다음은 뭘까요?”

“그건…….”

“장담합니다. 경제를 핑계로 정리 해고가 단행될 겁니다.”

지금까지 두한에서 몇 번이나 정리 해고의 시도가 있기는 했다. 하지만 그때마다 노조의 반대로 실패했다.

“하지만 이번에는 어떻게 해서든 그걸 관철하려고 할 겁니다.”

“으음…….”

기업과 노조는 상생이다.

하지만 두한은 사람을 악착같이 이용해 먹는 곳으로 유명했고 두한의 노조 역시 그런 기업과 상생하기보다는 그에 맞는 돈을 받아 내기 위해 싸우다 보니, 견원지간이 따로 없었다.

"이 싸움은 우리가 물러나면 지는 겁니다."
"우리는 강경 투쟁을 해야 합니다."
결국 이상주의 예상과 달리 분위기는 강경 투쟁으로 쏠려갔다.
"그러면 우리가 해야 하는 것은 뭔가요?"
"우리는 지금부터 회사 전체에 대한 제염 작업을 요구해야 합니다."
"네?"
"설마 방사능 속에서 일할 생각은 아니시지요?"
박 위원은 고개를 흔들었다.
"절대 아니지요."
"공장? 멈추라고 하세요. 우리는 제염 작업이 끝날 때까지는 절대 일하지 않을 테니까."
위원들의 눈에서는 불이 활활 타올랐다.

⚖

"하하하! 두한이 아주 개판이 되었다는군!"
유민택은 신나서 외쳤다.
"직원들이 제염 작업을 요구했다는군. 그런데 두한에서는 그걸 예측하지 못한 모양이야."
"겁을 주려고 멈추게 했는데 도리어 멈춤을 당한 거군요."

"그래, 제염 작업이 끝나기 전에는 일을 못 하니까. 사실 누가 방사능에 피폭되면서까지 일하려고 하겠나?"

노형진은 고개를 끄덕거렸다.

그건 이번 일이 아니라고 하더라도 인권의 문제다.

그러니 직원들을 마냥 압박한다고 해서 어떻게 해결할 수 있는 문제가 아니다.

"제염 작업이 생각보다 오래 걸릴 텐데요."

흙바닥이 오염된 상황이라면 거기만 긁어내면 된다.

하지만 공장은 실내다. 당연히 벽도 있는데, 벽을 긁어낼 수는 없으니 부수는 수밖에 없다.

그나마 벽은 편하다.

중요한 핵심 기계들은 절대 쉽지 않다.

가령 자동차 조립 라인의 경우는 그 내부의 부품 하나하나까지 다 분해해서 씻어야 한다.

내부 피폭은 당연한 일이니까.

"물론 그게 심하지는 않겠지만, 노조에서 그걸로 물어뜯을 건 당연한 일이고요."

그걸 해결하기 위해서는 적지 않은 돈이 들어갈 테고, 또 그 기간 동안 자동차 공장은 멈출 수밖에 없다.

"그리고 두한자동차의 자동차 시장점유율은 바닥을 향해 떨어질 테고 말이지."

유민택은 한껏 미소 지었다.

"자네 말대로군. 이번 공격이 카운터가 되었어. 전략 팀에서 분석하기로는 이번 일로 인해 두한은 못해도 2조 이상의 손실을 감당해야 한다는 연구 결과가 나왔네."

"이제 시작입니다."

노형진은 자신 있게 말했다.

"두한은 아마 당분간은 정신 못 차릴 겁니다, 후후후."

불 꺼진 용광로

이상주는 입술이 바짝바짝 말랐다.

그가 아는 한 이 정도 위기는 없었다.

리콜 대상 차량에 대해서는 도무지 대책이 안 섰다.

-그들이 요구하는 건 환불입니다, 아버님.

"그게 가당키나 한 말이냐!"

한두 대도 아니고 수십만 대다. 그걸 환불해 주고 버틸 수는 없다.

더군다나 그들은 그걸 몇 년간이나 타지 않았던가?

-하지만 현 상황에서 다른 대책이 없습니다. 그나마 일부는 협상을 통해 배상을 하는 수준에서 끝나고 있습니다만, 그들이 넘기고 간 차량들이 문제입니다.

아무리 돈이 좋다고 해도 방사능이 나오는 차량을 계속 타겠다고 할 사람은 없다.

당연히 그들의 요구 조건은 두한에서 중고차로 매입하고 배상금을 지급하는 것이었고, 소송으로 가면 불리한 걸 알고 있는 두한은 어쩔 수 없이 그 조건을 받아들여야 했다.

–미 정부에서 해당 방사능 차량의 처분을 어떻게 할지에 대한 대책을 요구하고 있습니다.

"중고차 시장에 판매를 하는 건 무리겠지?"

–그러면 또 징벌적 배상이 나올 겁니다.

명백하게 알고 한 짓이니까 그건 변명의 여지도 없다.

"끄응……."

결국 두한은 그 물건들을 재활용할 수도 없고 팔 수도 없다.

"미국에 적당한 땅 알아봐. 사막 같은 곳 말이야. 거기에 다 묻어 버려야지."

–하지만 돈이 적게 들지는 않을 겁니다, 아버님.

아무리 주변에 사람이 없는 사막이라고 해도 바람이 불고 비가 오면 방사능이 주변에 퍼질 수밖에 없다.

지금 그곳에 사람이 없다고 해서 미래에도 없으리라고 보장할 수는 없는 노릇.

당연하게도 차량을 보관하기 위해서는 그에 상응하는 공간을 만들어야 한다.

수만 대의 차량을 보관하기 위해서는 과연 얼마나 많은 땅이 필요할까?

또 얼마나 많은 인원이 필요할까?

얼마 전 일본에서 노동자들에게 최소한의 방어 장비도 주지 않고 후쿠시마 재건 사업에 투입한 것이 세계적으로 문제가 되었다.

그러니 두한이 그렇게 할 수도 없다.

일할 사람을 구하는 건 당연히 힘들 테고 단가도 올라갈 것이다.

"망할."

이상주는 전화를 끊으면서 이를 박박 갈았다.

"도대체 어디서부터 잘못된 거지?"

물론 방사능 고철인 건 알았다.

하지만 지금까지 정부에서는 고철에 대한 방사능 검사를 하지 않았다.

다른 나라도 그 부분에 대해서는 무심했고 말이다.

적당한 로비도 했고, 그에 따른 이득도 있었다.

그런데 한국도 아닌 미국에서 먼저 터질 줄은 몰랐다.

"도대체 누가……."

그는 드림 로펌의 뒤에 노형진이 있다는 것은 몰랐다.

그러니 그는 자신이 노형진을 건드림으로써 도리어 자기 목줄을 조인 것도 알지 못했다.

"당장 일본에서의 고철 수입을 멈춰야겠군."

이상주는 이를 박박 가는 것 말고는 할 수 있는 게 없었다.

⚖

"마지막 펀치를 날릴 시간이군요."

인터넷에서는 신나게 두한자동차를 씹고 있었다.

두한이 통제한 탓에 언론은 조용했지만 인터넷으로도 알려지지 않을 수는 없었다.

당장 두한자동차가 제염 작업을 이유로 멈춰 버린 것이 사실이니까.

물론 제염 작업보다는 노조와 회사의 기 싸움이지만.

"남은 건 철강입니다. 두한철강은 전 세계에 수출을 하고 있습니다. 어찌 되었건 두한의 철강 제품은 질이 제법 좋은 편이니까요."

기업이 나쁘다고 해서 기술력도 없으리라는 법은 없다.

사실 한국 정도 되는 나라에 있는 철강 회사가 생산하는 철강의 질이 나쁘면 그건 그것대로 이상한 것이다.

철강은 현대사회의 씨앗. 모든 것이 철강에서부터 시작되니까.

"두한철강에서 생산되는 철강의 상당량이 두한자동차로 넘어가 차량 생산에 사용되고 있기는 합니다만, 다른 곳도 그걸 쓰지요. 그러니 그것만 틀어막으면 아마 두한은 치명적인 타격을 입을 겁니다."

노형진의 말에 유민택은 고개를 끄덕거렸다.

"아마도 그렇게 되면 고로의 불을 꺼야겠지."

고로, 그러니까 용광로의 불이 꺼진다는 것은 심각한 문제다.

그렇게 용광로의 불이 꺼지면 철강 회사에 하루에 수십억씩 손해가 발생한다.

"그러니 우리가 그들을 공격해야지요."

"하지만 어떻게? 두한자동차를 통해 간접 공격은 충분히 하고 있지만 두한철강에서 다른 곳에 판 것까지 추적하는 건 쉬운 일이 아닐세. 사실 철강을 쓰는 곳이 많기는 하지만, 그게 어느 철강 회사인지 일일이 따져 가면서 쓰는 경우는 별로 없어."

물론 전문 생산 업체들이라면 알고 있을 것이다.

원자재를 직접 납품받는 곳이라면 말이다.

"하지만 그런 곳들은 대부분 두한철강의 눈치를 보고 있을 거야. 자네도 알다시피 한국의 2대 철강 회사 아닌가? 한국에서 소비되는 철강의 양은 어마어마하네. 만일 두한이 공급을 해 주지 않으면 그들뿐만 아니라 다른 곳들도 타격을 입을 걸세."

"그래서 제가 대룡에 부탁드린 겁니다. 원자재를 수입해 달라고요."

"이미 오고 있네."

대룡은 어마어마한 원자재와 철강을 선점했다. 그리고 현재 한국으로 운송하는 중이다.

"그 정도 양이면 회사가 원자재를 구하지 못해서 망하는 경우는 없을 거야."

물론 그 와중에 대룡에 막대한 수익이 생기겠지만 말이다.

"그러니 이제 슬슬 시작하도록 하지요."

"어디부터?"

"당연히 노동자부터지요."

"노동자라……. 하지만 철강 쪽도 노동자들이 많은데?"

"그게 중요합니다. 이 경우 가장 피폭이 심한 노동자가 누구일까요?"

"응? 글쎄."

노형진의 말에 유민택은 고개를 갸웃했다.

노동자들이 한두 명도 아니고 그들이 하는 업무도 저마다 다르다. 그러니 그들의 피폭량을 따로 알아보는 게 쉽지 않다.

"가장 피폭이 많은 사람은 다름 아닌 용광로에 가까이 일하는 사람들입니다. 아시다시피 용광로에서 뭔가를 녹일 때 이것저것 섞어서 녹이지는 않지 않습니까?"

철강업에서 가장 먼저 하는 것은 다름 아닌 뭔가를 녹이는 것이다.

녹여야 그 안에서 불순물을 빼내고 강화해서 강철을 만들 수 있으니까.

"당연히 그걸 녹일 때는 한꺼번에 뭉쳐서 녹이게 됩니다."

"오! 그렇군. 일본에서 들어온 고철을 어마어마하게 녹여 댈 수밖에 없었겠군."

당연히 그 안에서 어마어마한 방사능 물질이 나올 수밖에 없다.

"노동자는 거기에 오염될 수밖에 없지요. 애석하게도요."

매일 수천 톤의 방사능 물질이 녹아든 용광로다. 그 주변에서 일하던 사람이 방사능에 노출되지 않았을 리가 없다.

방열복을 입고 있었겠지만 그건 방사능 차폐복이 아니다.

당연히 방어도 안 된다.

"이미 그쪽 직원들에 대해 조사를 시작했습니다. 과연 어떤 결과가 나올지는 보면 알겠지요."

물론 그 결과가 상당히 씁쓸할 거라는 것을 노형진은 알고 있었다.

⚖

"두한이 바보는 아니네?"

노형진은 혀를 끌끌 찼다.

"환자는 있는데 접촉은 못 한다는 거지요?"

"네, 이미 그쪽 입을 완전히 틀어막았습니다. 진료비와 가족들의 생계 보장 그리고 적당한 위자료까지 줬다고 하더군요."

"하긴 한 번 당했는데 두 번은 안 당하겠지요. 그렇게 멍청한 놈들도 아니고."

노형진은 입맛을 다셨다.

노형진이 두한철강에 다니는 사람들을 노릴 거라는 건 너무 당연한 일이었고 두한에서는 그걸 막기 위해 관련자들의 입을 모조리 막았다.

"환자가 얼마나 발생했답니까?"

"암 환자가 열 명에 백혈병 환자가 네 명입니다."

"적지 않은 숫자인데."

한 작업장에서 그 정도 숫자의 환자가 생기면 이상이 있다는 것을 인식해야 한다.

하지만 두한은 그걸 알면서도 모른 척했다.

'하긴 뭐, 기업이 언제부터 양심적이었다고.'

모 기업에서 공기정화장치가 고장 난 적이 있다.

그게 작동하지 않으면 주변에 발암 물질이 뿌려진다는 걸 알면서도 기업에서는 고의적으로 방치했다.

그걸 고치는 데 돈이 많이 들기 때문이다.

무려 6개월이나 장비가 작동되지 않았다는 사실이 정부에 걸리자 그들은 고장 난 줄 몰랐다는 말 한마디로 끝내고 얼마 되지 않는 벌금을 내고 말았다.

당연히 주변에서 그 발암 물질에 노출된 도시의 주민들에게 배상은 전혀 없었다.

"가족들은 다 만나 봤습니까?"

"네. 하지만 다들 두한과 싸울 생각을 못 하더군요."

"하긴 두한과 싸운다는 게 쉬운 일은 아니지요."

더군다나 한국은 미국과 다르게 징벌적 배상도 없다.

배상이라고 해 봐야 몇억 받고 끝일 게 뻔한데 그 이후에 두한에서 작심하고 인생 망치겠다고 덤빌 걸 생각하면 도리어 멍청한 짓이다.

'그게 하루 이틀 일이 아니고 보니까 대항도 못 하고.'

그러니 차라리 두한에서 보상금을 주면 그걸 받고 포기할 수밖에 없는 게 현실이다.

"내부에서 방사능을 측정할 만한 사람은 없겠지요?"

"안에 들어가서 방사능을 측정하는 것은 불가능할 것 같은데요. 이미 그쪽도 경비원을 두고 눈에 불을 켜고 감시하고 있다고 합니다."

"쩝, 미리 측정할 걸 그랬나?"

노형진은 머리를 긁적거렸다.

그래도 두한이 생각보다 빨리 움직인 것은 사실이었다.

보통은 공격당하는 쪽을 방어하느라고 다른 쪽에 소홀하기 마련인데 두한은 아예 철강도 같이 방어하기 시작했다.

'그리고 그 말은, 방사능 문제에 대해 인식하고 있었다는 소리지.'

그렇지 않았다면 그곳을 방어할 이유가 없으니까.

"현재로써는 그 가족들을 설득하는 게 쉽지 않을 것 같은데요. 어떻게 하시겠습니까?"

고문학은 걱정스러운 얼굴로 물었다.

가장 기본적인 방법이 막혔으니까.

"물론 피해자들에게 더 많은 돈을 주고 증언을 부탁할 수도 있겠지만, 그런 경우는 뇌물을 주고 증언을 받았다고 할 수도 있는 문제라서."

물론 그런다고 해서 그들의 병이 사라지는 것도 아니다.

"하지만 이미 방사능 치료가 진행이 되었을 테고, 재판을 할 때는 아마 방사능 수치 측정이 불가능할 겁니다."

그리고 돈을 받은 기록이 있을 테니 당연히 법원에서 증언으로 인정도 안 될 테고, 아마도 두한에서는 그들을 위증죄로 고발할 것이다.

당연히 그 보복이 들어갈 테고.

"미국처럼 압도적인 배상을 해 주는 시스템이 아니라면 아무래도 위험부담을 안고 증언하기는 힘들지요."

"그러면 어떻게 할까요? 물건에 대해 무차별적으로 방사능 측정을 할까요?"

"어디로 갔는지 알고요?"

두한자동차야 100% 두한철강에서 납품받고 있으니 무차별적으로 측정해도 된다고 하지만 다른 곳들은 그게 아니다.

어디서 어떻게 썼는지 알 수도 없고, 두한에서 알려 주지도 않을 것이다.
그렇다고 그걸 역순으로 추적하는 것도 쉽지 않다.
"그걸 납품한 회사도 소송에 연관되기 싫을 테니 알려 주지 않을 테고요."
민사로는 힘드니 형사로 가야 하는데 형사는 두한에서 철저하게 틀어막을 것이 분명하다.
"다른 직원들은요?"
"다른 쪽도 안 된답니다. 두한에서 교육을 제법 철저하게 했더군요."
"교육이 아니라 협박이겠지요."
실제로 두한자동차에서 방사능을 측정한 직원을 찾는다면서 두한은 내부 CCTV를 뒤지기 시작했다.
물론 노형진이 그걸 감안하고 조심하라고 했고 측정 장치 자체도 무척이나 작은 모델이었기 때문에 결국 찾아내지는 못했지만 말이다.
"하지만 출퇴근할 때 가방이나 주머니를 검사하기 시작했답니다. 보안 때문이라고 하면서요."
"보안 같은 소리 하고 자빠졌네요."
노형진은 코웃음이 나왔다.
"뭐, 걱정하지 않으셔도 됩니다. 사실 다 예상했거든요."
"이게 다 예상된 일이라고요?"
"두한은 똑똑한 놈들입니다. 그리고 이게 얼마나 타격이

클지 누구보다 잘 알지요."

그러니 어떻게 해서든 사건을 감추기 위해 노력할 게 뻔했다.

"미국에서 환자를 앞세우는 바람에 당했으니 한국에서도 그럴 거라는 걸 확인하는 것은 어려운 일이 아니지요."

결국 그들은 노형진을 방어하는 데 성공했다.

아니, 그렇게 믿고 있었다.

"하지만 그렇다고 해서 방어가 가능한 건 아닙니다."

"누구도 도와주지 않는데요?"

고문학은 고개를 갸웃했다.

하지만 노형진은 자신들을 도와줄 사람을 안다.

"두한의 그 누구도 우리를 도와주지 않습니다. 그리고 우리와 똑같은 일을 겪은 사람들이 있지요."

노형진은 차분하게 말했다.

"그들에게는 복수의 자격이 있습니다."

노형진은 복수를 할 사람들, 그러니까 유가족들을 찾기 시작했다.

'역시나 내 예상이 맞았어.'

두한에서 일하다가 암이나 기타 방사능에 관련된 질병으로 죽은 사람들은 분명 존재했다.

하지만 그들에게 이루어진 조치는 하나도 없었다.

"두한 그놈들 때문에 아버지가 돌아가셨습니다."

"제 아들이 그놈들 때문에 죽었어요!"

"그놈들은 우리 애를 죽이고 조문도 안 왔어요!"

사람들의 분노에 찬 목소리.

"그놈들이 병은 자기들 책임이 아니라고 하더군요. 그리고 병에 걸린 사람들을 가혹하게 잘랐습니다."

힘들게 모은 유가족들은 울분을 토했지만, 누군가는 마음을 최대한 정리하면서 상황을 설명해 주려고 노력했다.

"병에 걸린 사람들은 두한과 싸울 방법이 없었지요. 몇몇이 산재 신청을 했지만 당연히 거절당했고요."

재판부에서는 업무와 발병에 연관 관계가 전혀 없다면서 두한 편을 들어 줬다.

"결과적으로 우리는 그냥 패배할 수밖에 없었습니다."

남자의 말에 노형진은 고개를 끄덕거렸다.

"두한 입장에서는 당사자가 죽었으니 아마도 그냥 끝난 사건이라고 생각할 겁니다. 더군다나 사고사 같은 것도 아니고 병으로 인한 사망이니까요."

실제로 병으로 인해 사망하는 경우 회사에서 그걸 책임지는 경우는 많지 않다.

그 병이 업무와 관련되어서 발생했다는 걸 인정받아야 하는데, 기업에서 그걸 인정하지 않기 때문이다.

"결국 소송까지 갔지만……."

유가족은 고개를 푹 숙였다.

"지셨겠지요."

업무와 관련된 모든 증거는 기업이 가지고 있고 그들이 자발적으로 그걸 공개할 리가 없다.

거기에다 기업 편을 들어 주는 판사가 있으니 사실 대부분의 재판은 뻔하다.

"일단 제가 사실대로 말씀드리겠습니다."

노형진은 유가족을 속일 생각은 없었다. 이런 건 거짓말해봐야 좋을 게 없다.

"제가 소송을 진행할 수는 있습니다. 하지만 그에 상응하는 보상을 받아 내거나 소송에서 승리한다는 확신은 못 드립니다. 물론 저도 최선을 다하겠습니다만, 때로는 최선만으로는 부족한 게 현실입니다."

노형진의 말에 유가족들은 고개를 들어 그를 바라보았다.

"물론 어떤 변호사들은 이길 수 있다고, 이긴다고, 의뢰만 받으려고 할지도 모릅니다. 하지만 그런 자들은 도리어 제대로 할 생각이 없는 자들입니다. 99%의 확률로 이길 수 있다고 해도 1%의 확률 때문에 지는 것이 재판입니다. 하물며 기업들에 불리한 재판은 한국에서 상당히 제약받습니다. 그건 저희 새론이라고 해도 마찬가지이고요."

"그런데 왜 우리를 모이라고 한 겁니까? 이길 수는 없지만 재판을 맡겨 달라는 겁니까? 그건 더 말이 안 되지 않습니까?"

"물론 재판을 이길지는 알 수 없습니다. 그건 저도 확답을 못 드립니다. 하지만 복수할 수 있다는 것만은 확답드릴 수 있습니다."

"복수?"

"그렇습니다. 돌아가신 분들이 왜 죽었는지, 그 사실을 세상에 알릴 수는 있습니다."

"그게 다른 겁니까?"

"다르지요. 아주 확실하게 다릅니다."

노형진은 유가족들을 바라보면서 천천히 말했다.

"그들은 여러분들에게 줘야 할 돈이 아까워서 소송까지 해 가며 끝까지 인정을 하지 않았지요."

"그건 그런데……."

"하지만 그게 성공한다면 그들에게 최소한 백 배, 아니 천 배 이상의 피해를 줄 수 있습니다."

"그런……."

"물론 돈은 못 받을 수도 있습니다. 하지만 그들은 최소한 자기들이 저지른 죄에 대한 처벌은 받게 되겠지요. 사회적 처벌을 말이지요."

노형진의 말에 다들 웅성거리기 시작했다.

하지만 대부분은 복수라는 사실에 긍정적으로 생각하기 시작했다.

단 한 가지 문제점만 빼고 말이다.

"다만 그러기 위해서는 무덤을 열어야 합니다."

"뭐요!"

"아니, 그게 무슨 짓거리야!"

"그건 절대 안 돼!"

무덤을 연다는 것. 그건 고인에 대한 불경이다.

유교 문화가 강한 한국에서 그러한 행동은 아주 예외적인 경우에나 허용된다. 가령 이장 같은 경우 말이다.

"진정하세요. 그분들의 유골을 파헤치겠다는 뜻이 아닙니다. 그저 유골에서 방사능을 측정하려는 것뿐입니다."

"방사능……."

"방사능은 고온 처리한다고 해도 사라지지 않습니다. 여러분들의 가족이 죽은 이유이고요."

일본에서 수입된 고철을 용광로를 이용해서 녹이면서 방사능에 노출된 것이다.

"그리고 그건 철뿐만 아니라 사람에게도 해당되지요."

"그건……."

"많은 분들이 시신을 화장하셨을 겁니다."

현대에는 대부분의 시신을 화장한다.

일단 시신을 묻을 만한 공원묘지가 충분하지 않은 데다가 문화적으로도 그쪽을 추천하고 있으니까.

"그리고 대부분 봉안을 하셨을 테고요."

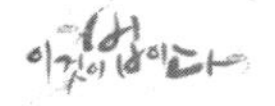

물론 일부는 수목장을 치렀을지도 모른다.
하지만 대부분의 사람들은 봉안당에 모셨을 것이다.
"저희는 그 봉안된 망자의 유골에서 방사능을 측정할 생각입니다."
물론 그 과정에서 봉안된 재가 분실될 일은 없을 것이다. 그냥 단지에 방사능 측정기만 들이대면 되니까.
"하지만 그게 무슨 의미가 있습니까? 소송을 해서 돈도 못 받아 내는데요."
"형사는 걸 수 있지요. 업무상 과실치사로요."
"업무상 과실치사?"
"네. 그들이 방사능에 오염된 상황을 모르지는 않을 겁니다. 현재 그들은 그걸 막기 위해 사력을 다하고 있으니까요."
다른 피해자들에게 돈을 뿌리고 협박을 하고 감시를 하고 있는 게 두한이다. 그들이 방사능 오염을 몰랐다는 것은 말도 안 된다.
"하지만 그런다고 해서 진실을 감출 수 있는 것은 아니지요."
노형진은 차분하게 말했다.
"업무상 과실치사 부분에 해당 부분을 언급할 겁니다."
방사능에 오염된 곳에서 일하면서 그로 인해 병에 걸렸다고 말이다.
"하지만 그런다고 해서 이기겠습니까?"
자기들이 그걸 몰라서 진 게 아니다.

이미 소송했지만 재판부에서 그 관련성을 부정했기 때문이다.

아무리 재판을 하면 뭐 하나, 판사의 '관련 없음'이라는 말 한마디면 한 푼도 못 받는데.

"그래서 제가 아까 민사로는 못 이긴다고 한 겁니다. 하지만 다른 건 가능하지요."

"다른 것?"

"그렇습니다. 형사는 수사를 해야 하니까요."

노형진은 자신 있게 말했다.

"그리고 수사를 막을 수는 없습니다."

"뭐라고?"

이상주는 다급하게 올라온 보고에 벌떡 일어났다.

"그게 무슨 소리야!"

"오광훈이라는 검사가 영장을 청구했답니다."

"그러니까 무슨 영장을 청구했다는 거야!"

"고로에 대한 방사능 검사를 하겠다고 법원에 청구했답니다."

"이런 미친 새끼! 그걸 그냥 놔둬?"

두한의 인맥이면 충분히 그런 영장 청구 사실을 사전에 알 수 있다. 그리고 그 청구된 영장 역시 기각할 수 있다.

"그게…… 언론에서 터졌습니다."

"뭐?"

"영장 청구 사실을 언론에 터트렸습니다."

"안 돼!"

이상주는 비명을 질렀다.

어떻게 해서든 두한철강을 보호하기 위해 지금까지 그렇게 노력했다. 그래서 아직 두한철강까지는 불똥이 튀지 않았다.

그런데 언론이라니?

"그게 무슨 소리야! 언론이라니! 어떤 놈이야! 어떤 미친 새끼가 그걸 터트려!"

"그게……."

부하는 입을 다물었다.

상황이 이 지경이 되었다는 것이 믿기지 않는 표정이었다.

"중국과 일본입니다."

"뭐?"

"중국과 일본입니다. 그곳에서 먼저 터졌습니다. 지금 전 세계로 그 소식이 전해지고 있습니다."

"……."

이상주는 부들부들 떨다가 소리를 버럭 질렀다.

"당장 회의 소집해! 당장!"

⚖

"그런데 왜 중국하고 일본이야?"

오광훈은 영장을 받아서 두한철강으로 가고 있었다.

언론을 통해 압박을 가하는 것은 예상하는 게 어렵지 않았지만, 한국도 아니고 중국과 일본이라니?

"한국에서 그거 터트리면 나가겠냐?"

"그건 그렇기는 하지."

"그리고 중국과 일본은 한국 철강 수출의 라이벌이야."

중국은 싼 가격으로, 일본은 품질로 한국과 경쟁한다.

"당연히 그 두 나라는 이런 사실을 대서특필하면서 크게 홍보하겠지. 전 세계로 뿌리려고 할 테고."

"오호, 그런 의미가?"

당연히 해당 뉴스는 전 세계로 나갔다.

한국과 다르게 적극적으로 돈까지 뿌려 가면서 말이다.

"그런 상황에서 영장 청구가 기각되잖아? 그러면 뭔가 이상하다는 걸 인정하는 꼴밖에 안 되거든."

그래서 판사는 어쩔 수 없이 그걸 인정해야 했다.

다른 기자도 아니고 외신 기자들이 잔뜩 기다리고 있는데 영장을 기각하기에는 정치적 부담이 너무 심했다.

"물론 그 외신 기자들 대부분이 가짜라는 건 모르겠지, 후후후."

어찌 되었건 정치적 부담 때문에 영장 청구를 받아들일 수밖에 없었고, 오광훈은 그 영장을 집행하기 위해 공장으로 향하는 중이었다.

"그나저나 판사가 뭐라고 안 하디?"

"안 하긴, 국익이 어쩌고저쩌고 잔뜩 설교하더라."

"국익 같은 소리 하고 자빠졌네."

전쟁 중인 국가도 아니고, 사람을 죽여 가면서 돈을 버는 게 정상인가?

더군다나 그걸 알면서도 그런다면 더더욱 정상이 아니다.

"그런데 왜 그렇게 하는 건지 모르겠다."

"일본산 고철은 가격이 엄청 싸. 사실 하루만 일본산 고철을 쓰면 그간 죽어 나간 사람들 보상금 다 주고도 남을걸. 물론 벌금도 마찬가지고. 우리나라는 이런 경우에 관한 벌금이 없으니까."

기업 차원에서는 당연히 돈을 벌기 위해 일본산 고철을 쓸 수밖에 없었던 것이다.

물론 업무상 과실치사가 엮일 수 있겠지만…….

"어차피 그렇게 감옥에 들어가는 놈들은 아랫놈이니까."

위에서는 '몰랐다' 한 방이면 모든 일이 끝난다.

"하지만 손실은 아주 속이 쓰리거든. 자기들 돈이 나간다고 생각하니까."

노형진은 그렇게 말하면서 앞을 바라보았다. 그리고 피식 웃었다.

“얼씨구, 우리 예상을 아예 한 치도 안 벗어나네.”

“그러게. 딱 네가 말한 것처럼 되어 있네.”

두한철강의 입구, 거기에는 바리케이드가 세워져 있고 직원들이 완전히 틀어막고 있었다.

“보통은 이렇게까지는 하지 않잖아? 텔레비전에는 이런 모습을 안 보이던데.”

“보통 이렇게까지는 안 하는 게 아니라, 텔레비전에서 영장을 집행할 때는 대부분 다 처리한다고.”

일단 영장 청구가 들어가면 최대한 시간을 끌면서 영상 청구 사실을 알려 주고 그게 다 정리되고 나서야 영장 집행에 들어간다.

“사실 대부분의 기업에 영장 집행하러 갔을 때 가지고 나오는 대부분이 빈 박스야.”

“그래?”

“그 사람들이 쓰는 박스를 생각해 봐. 그 안에 서류를 가득 채운다고 하면, 그게 한 사람이 들 수 있을 만한 무게겠냐?”

“하긴 그러네.”

그런데 그걸 직원들은 두세 개씩 번쩍번쩍 들고 다닌다.

“지금도 사실 영장이 바로 나온 건 아니잖아.”

영장 청구한 게 나흘 전이다.

나흘이면 무척이나 오랜 시간이 걸린 거다.

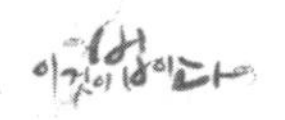

원래대로라면 이 시간이면 이미 벌써 서류는 모조리 정리되었어야 한다.

"서류야 정리했겠지. 하지만 우리의 목적은 서류가 아니잖아."

"하긴 그러네."

그들이 노리는 것은 서류가 아니라 바로 용광로다.

그리고 용광로는 영장이 나왔다고 해서 떼어 낼 수는 없다.

"그러니 일단 막겠다 이거지."

만일 진짜로 방사능이 나왔다는 소문이 돌면 그 모든 수출이 막힐 테니까.

"그리고 보통 그런다고 해도 한국에서는 기껏해야 벌금으로 끝나니까."

엄밀하게 말하면 이건 공무집행방해에 해당된다.

하지만 자본주의에서는 돈이 법보다 우선한다.

저 입구에서 막고 있는 자들은 지금 자신들이 하는 게 공무집행방해라는 걸 모를까?

아니다. 알지만, 그보다 더 많은 혜택을 받을 예정이기에 저러고 있는 것이다.

"저거 어떻게 해야 하나? 경찰 특공대라도 지원해야 해나?"

"맘 같으면 그러고 싶지."

돈으로 법을 유린하는 재벌의 전형적인 모습.

그 모습을 보고 노형진은 구역질이 났다.

"하지만 말이지, 그게 저들의 패인이야."
"어째서?"
"슬슬 내가 부른 사람들이 올 거거든, 후후후."

⚖

몇 시간이 지나고, 몇 대의 최고급 차량들이 들이닥쳤다.
그리고 거기에서 내리는 사람들의 얼굴은 잔뜩 흥분되어 있었다.
"여, 안녕?"
"오래 걸렸네?"
"전 세계를 도는 게 쉬운 일은 아니잖아?"
노형진은 생글생글 웃고 있는 손채림을 보면서 피식 웃었다.
"하긴 전 세계를 돌아다니는 게 쉬운 건 아니지. 그래서, 얼마나 왔어?"
"대략 이백여든 명. 물론 그중에서 이백일흔 명은 대리인."
"오케이, 그거면 충분해."
노형진은 손채림의 뒤에 서 있는 각양각색의 외국인들을 보면서 미소 지었다.
그리고 그들에게 다가갔다.
"안녕하십니까, 여러분. 저는 미다스의 아시아 대리인인 노형진이라고 합니다."

노형진의 인사에 몇몇이 한곳으로 시선을 돌렸다.

그리고 한 여자가 앞으로 나왔다.

아무래도 아스가르드를 타고 오는 와중에 혼란을 방지하기 위해 창구를 일원화한 모양이었다.

"안녕하세요. 에밀리 시나라고 합니다. 펀싱그룹의 대리인입니다."

그녀는 날카로운 눈빛으로 뒤를 돌아보았다.

입구로 들어가지 못하고 있는 경찰들.

그리고 트럭과 기타 장비, 심지어 차량 출입 방지 장치까지 동원해서 입구를 막고 있는 이백여 명의 사람들.

"현 상황에서 대해 설명을 해 주셨으면 합니다만."

"사전에 이야기 못 들으셨나요?"

"오면서 이미 들었습니다. 그래서 긴급하게 온 거고요. 하지만 현재 상황은 이해가 가지 않는군요."

노형진은 그들을 보면서 미소 지었다.

'적지 않게 왔군. 아마 지금쯤 이상주는 미치고 팔짝 뛸 상황일 거다, 후후후.'

그럴 수밖에 없는 게, 이들은 두한철강의 대주주이기 때문이다.

21세기 기업의 개념은 과거와는 많이 달라졌다.

한국 기업이라고 해서 한국에서만 그 주식을 거래할 수 있는 게 아니다. 애초에 그런 식으로 운영되면 기업이 커지는 데에는 한계가 있다.

그리고 두한과 두한철강은 세계적인 그룹 중 하나다.

세계에서 최상위 그룹에 속하지는 않지만 그래도 투자할 가치가 있는 곳 중 하나.

'그리고 이들은 대주주지.'

노형진은 두한철강의 대주주들에게 현 상황에 대해 브리핑을 하고 아스가르드를 통해 한국으로 모시겠다는 의사를 전했다.

두한의 현 상황과 방사능 문제는 전 세계가 발칵 뒤집어질 정도의 사건이기에 모두가 알고 있었고, 투자자들은 당연히 직접 오거나 대리인을 보낼 수밖에 없었다.

이들이 바로 그들이다.

'기업에게 가장 무서운 것은 공권력이 아니라 대주주인 법이지.'

특히나 외국계의 큰손들은 어마어마하다.

그들이 발끈하면 경영권 방어도 힘들어지는 게 현실이기 때문이다.

"현 상황을 말씀드리자면, 사전에 설명드린 것처럼 두한철강 내의 방사능 오염이 우려되어 확인하려 했으나 두한 측에서는 인원을 이용하여 입구를 막고 바리케이드를 만들어 진입을 막고 있는 상황입니다."

"그 말은 내부 방사능 오염 상황을 알 수가 없다는 건가요?"

"그렇습니다, 시나 양."
에밀리 시나는 심각한 표정이 되었다.
그럴 수밖에 없다.
감출 게 있다는 것은 공개할 수 없는 게 있다는 뜻이니까.
"아, 혹시나 해서 말씀드리지만 저희가 지참한 영장은 서류나 구인 또는 수색영장이 아닙니다. 회사 내부에 존재하는 방사능 오염 지점에 대한 확인 절차일 뿐입니다."
즉, 저들이 그걸 막으려 든 시점에서 내부의 방사능 오염은 확정적이라는 것이다.
"으음……."
"그럴 수가."
시나를 비롯한 사람들은 눈이 똥그래졌다.
현 상황에서 그건 최악의 상황이 되어 버리기 때문이다.
"그러면 우리가 들어가서 확인해야겠군요."
"그렇지요. 하지만 그 전에 하실 게 있습니다."
"할 거라고 한다면?"
"안전을 위해 이걸 입으셔야 합니다."
노형진이 손채림에게 손짓하자 커다란 버스 두 대가 다가왔다.
"안쪽에 방사능 방호복이 있습니다. 왼쪽은 여성용, 오른쪽은 남성용입니다. 가셔서 갈아입고 나오시면 됩니다. 방사능 방호복에 딱히 성별이 있는 건 아니지만 아무래도 옷을 같이 갈아입을 수는 없으니까요."
"그 정도로 위험한가요?"
"수년간 후쿠시마에서 어마어마한 양의 방사능 고철이 들어왔습니다. 어쩌면 여기는 후쿠시마 그 이상일 수도 있습니다."
사람들은 웅성거리더니 분분히 차량으로 들어가서 옷을 갈아입기 시작했다.
돈을 받고 일하러 왔는데 도망갈 수는 없는 노릇이니까.
'그리고 내가 원하는 게 이거지.'
그들이 입고 나온 방사능 차폐복은 최고 등급이었다.
공식적으로는 안전을 위한 복장이다.
'하지만 복장이 이 정도라는 것만으로도 사람들은 심각함을 느낀다.'
그냥 맨몸으로 보는 것과 방사능복을 입고 보는 것은 전혀 다르다.
당연히 방사능 방호복을 입은 상태가 더 심각하다고 여길 수밖에 없다.
'더군다나 저쪽도 엄청나게 겁나겠지.'
입구를 막고 있는 직원들.
그들은 이곳의 상황을 모른다. 누구도 언급하지 못하게 했으니까.
돈 때문에 막고 있기는 하겠지만, 그렇다고 해서 저들이 불안하지 않을 리가 없다.

"뭐 해?"
"응?"
"너도 갈아입어."
"어? 나도?"
"넌 뭐 용가리 통뼈냐? 원자력 에너지로 힘이 솟아? 방사능 오염 의심 지역에 들어가는데 당연히 입어야지."
"어…… 그렇지."
오광훈이 옷을 갈아입으러 버스로 들어간 사이, 노형진은 다른 경찰들에게도 소리를 질렀다.
"안전을 위해서니까 다들 방호복을 입으세요!"
"네?"
"설마 기형아를 낳고 싶으신 건 아니지요?"
그 말을 들은 경찰들은 분분하게 버스에서 옷을 갈아입고 왔고, 잠시 후에 두한철강 앞에는 방사능 방호복을 입은 사람들이 잔뜩 서게 되었다.
"자, 영장입니다. 비키시겠습니까, 아니면 강제 돌입할까요?"
"어……."
방사능 방호복을 입고 있는 무리를 보고 사람들은 불안해지지 않을 수가 없었다.
그들에게 떨어진 임무는 단 한 명도 내부에 들여보내지 말라는 것이었다.
하지만 상대방의 방사능 방호 상태를 보니 지금도 맨몸으로 서 있는 데다 거기서 일을 했던 그들 입장에서는 불안감이 생기지 않을 수가 없었다.

"안 됩니다! 절대 들여보낼 수 없습니다! 상부에서는 절대로 들여보내지 말라고 했습니다!"

"그래요?"

노형진은 고개를 돌렸다.

"그 말은 여기에 감춰야 하는 게 있다는 뜻이군요. 대주주들을 앞에 두고 말이지요."

"그건……."

"그러면……."

노형진은 '대주주'라는 말에 움찔하는 직원들을 보면서 미소 지었다.

그들은 결국 시키는 대로 하는 사람들.

그들과 드잡이질을 해 봐야 별 소득이 없다.

'협박은 윗놈에게 해야지.'

노형진은 그러기 위해 대주주들을 데리고 온 것이다.

"그러면 대주주들을 모아서 두한철강과 두한그룹의 대표에 대한 해직을 건의해야겠군요."

"뭐라고요?"

뒤에 있던, 나이가 좀 있어 보이는 직원의 눈이 격하게 떨리기 시작했다.

보아하니 직원들을 관리하기 위해 온 과장급인 듯했다.

"그래야 하지 않겠습니까? 기업은 투자자의 자산을 지키기 위해 최선을 다해야 합니다. 그런데 도대체 얼마나 큰 비밀을 지키고 있기에 영장이 있고 대주주들까지 있는 상황인데 들여보내지 않을까요?"

"그건……."

"그렇게 비밀을 가지고 자기 마음대로 독단적으로 운영하는 사람이라면 대표로서 가치가 없겠지요. 당연히 해직시켜야 하지 않겠습니까?"

"그렇습니다. 이는 명백한 해임 사안입니다. 참고로 저희는 그 해임안에 찬성표를 던질 생각입니다."

"저희 역시 그렇습니다."

해임 이야기가 나오자 과장급은 미칠 것 같았다.

자기 선에서 커버할 수 있는 건수가 아니었다.

만일 여기서 끝까지 막다가 대표가 해직당하면? 그때는 자기도 죽을 수밖에 없다.

'주주가 자르겠다는데 자기들이 어쩔 거야?'

노형진은 웃으며 말했지만 과장은 말을 못 하고 덜덜 떨다가 힘들게 전화기를 들었다.

"자, 잠깐 전화를 하고 오겠습니다!"

그는 어디론가 가서 통화를 하는 듯하더니 어쩔 수 없다는 듯 다가와서 직원들을 움직였다.

"바리케이드 치워."

"과장님?"

"아, 치우라며 치워!"

'역시나.'

공권력은 무섭지 않지만 주주는 무섭다.

대표 자리에서 물러나는 순간, 그동안 만만하게 보던 공권력이 물어뜯을 테니까.

말뿐이 아니라 대주주들이 몰려와서 이렇게 위협하고 있으니, 아무리 간땡이가 부은 사람이라고 해도 입구를 열어 주지 않고 버틸 수 있을 리가 없다.

"차량에 탑승하세요. 거리가 좀 멉니다."

두한철강은 무척이나 넓다. 노형진은 차량에 사람들을 태우고 천천히 두한철강 안으로 들어갔다.

그리고 그들이 도착한 곳은 거대한 용광로들이 있는 곳이었다.

"이걸 재라고? 접근하다가는 산 채로 익겠는데?"

주변에는 방열복을 입은 사람들만 움직이고 있었다.

애석하게도 이들이 입고 있는 옷은 방사능 방호복이라서 방열 기능은 없다.

가까이 접근하면 녹을 게 뻔했다.

"그럴 필요 없어."

"응?"

오광훈은 노형진의 말에 고개를 갸웃했다.

접근을 할 수가 없는데 어떻게 방사능을 재란 말인가?
"다른 것부터 재면 되는 거지."
"다른 거?"
"그래."
노형진은 직원을 통해 내부에서 일하는 직원 한 명을 불렀다.
그는 방열복을 벗고 고개를 갸웃하며 물었다.
"무슨 일이십니까?"
"아, 잠깐 거기 서 계셔 주시겠습니까?"
"아니, 왜요?"
"금방 끝납니다."
노형진은 그에게 방사능 측정 장치를 들이밀었다.
"저기서 방사능이 나온다면 당연히 이 방열복도 오염되었겠지."
노형진의 말이 끝나기 무섭게 바늘이 오른쪽으로 홱 꺾이더니 '따다딱' 소리가 사방에 울려 퍼졌다.
"이렇게 말이지."
노형진은 씁쓸하게 미소 지으며 말했다.

두한의 용광로의 불이 꺼졌다.
노형진의 예상대로 용광로는 방사능에 오염되었던 것이다.

다시 말해서 그 용광로를 이용해서 만든 철강은 대부분 오염되었을 수밖에 없었고, 두한 입장에서는 용광로를 새로 설치해야 하는 상황이 되어 버린 것이다.

"최소한 두 달 이상은 걸린다더군요."

"두한 입장에서는 미칠 노릇이겠군요."

두 달간의 계약 미스, 그로 인한 손해배상, 거기에다 판매량 감소와 이미지 문제로 인한 피해는 어마어마할 것이다.

"당장 해외 투자자들이 두한 일가를 물어뜯기 시작했네. 아마 두한은 당분간은 많이 힘들 거야."

유민택은 느긋하게 말했다.

"그쪽에서는 뭐라고 하던가요?"

"그쪽? 아, 이상주 말인가? 전화해서 지랄지랄을 하더군. 우리가 철강을 수입한 걸 안 게지."

씩 웃는 유민택.

"지난번에 날 이용해 먹은 대가라고 하니 아주 자지러지던데?"

"죽을 맛이겠군요."

"그렇겠지. 지금 아마 두한이 아니라 이상주 일가는 최악의 상황일 거야."

당분간은 노형진이나 대룡에 대한 공격이 아니라 자기 경영권 방어에 매달려야 하는 상황이 되었다.

"단 한 번의 공격일 뿐인데 말 그대로 심장까지 들어갔어."

"이런 걸 보통 크리티컬이라고 하지요, 후후후."
"그래? 크리티컬이라…… 멋지군, 후후후."
두 사람은 서로를 마주 보면서 미소를 지었다.

개 도둑 잡아라?

"요즘 개 도둑이 그렇게 극성이라더라."

노문성은 혀를 끌끌 차면서 말했다.

"개요? 아니, 웬 개 도둑?"

"말도 마라. 이 망할 놈들이 온 동네의 개란 개는 다 죽이고 다닌다더라. 개 도둑이라기보다는 개 도살자라고 해야 하나? 원 세상에 미친놈들이 점점 많아진다더니만 우리나라가 어찌 되려고 이러는 건지, 쯧쯧."

노문성은 요즘 도는 흉흉한 소문이 마음에 안 드는 듯 계속 혀를 차 댔고 노형진은 그 말에 깜짝 놀랐다.

"헐, 뽀삐랑 예삐는요?"

"그래서 너희 엄마가 데리고 나가지도 못해. 음식도, 다른 사람들이 주는 건 먹지도 못하게 하고."

뽀삐와 예삐는 노형진의 어머니가 키우는 개들의 이름이다.

"하여간 그 개 도둑들, 제정신이 아니라는 소문이 있더라."

"네? 그게 무슨 말이에요?"

"아니, 개들이 많이 죽어 나가는데 정작 개 자체를 훔쳐 가지는 않아서 말이지. 그러니까 개 도둑이라고 하기도 애매한 거야. 개들을 죽이고 다니기는 하는데 정작 죽인 개를 가져다 팔거나 먹거나 하지는 않는다고 하더구나."

보던 신문을 내리면서 혀를 끌끌 차는 노문성의 말에 노형진은 어리둥절한 표정이 되었다.

"개만 죽인다고요? 진짜 특이하네요. 그런데 그런 놈이 마을에 돌아다닌다고요?"

"그래. 벌써 우리 동네 개 절반은 죽었을 거다."

"아니, 그걸 그냥 둬요? 경찰에 신고 안 했어요?"

"신고했지. 하지만 알지 않니? 고작 개 한 마리 죽은 거 가지고 귀찮게 하지 말란다."

"끄응, 경찰들이란."

경찰들에게 개를 죽이고 다니는 놈들은 그다지 큰 문제가 되지는 않는다.

사실 이런 지역 경찰은 그런 성향이 더욱 강하다.

"아무래도 시골에서의 개들의 입지는 서울과는 다르니까."

어머니는 노형진에게 과일을 건네며 말했다.

"그건 그렇지요."

도심지에서 개들은 반려견이라고 해서 가족으로 대우받는 경우가 많다. 하지만 이런 시골에서 개들은 반려의 목적보다는 집을 지키는 목적이나 식용 목적인 경우가 많다.

"그렇다 보니 주인들도 별로 신경 쓰지 않는 모양이더라."

"아무리 신경을 안 써도 신고 정도는 할 거 아니에요? 죄다 신경도 안 쓰고 신고도 안 할 리는 없고."

"물론 신경 쓰는 사람도 있기는 하지. 하지만 경찰도 제대로 수사하지 않으니까……."

어깨를 으쓱하는 노문성.

노형진은 그걸 보고 혀를 끌끌 찼다. 그러다가 문득 불안해졌다.

확실히 시골 경찰은 서울 경찰보다 능력이 떨어진다.

정확하게는 도심지보다 CCTV 등 추적 방식에 한계가 있다 보니 추적이 쉽지 않다. 그리고 보통 좌천을 당하는 사람들이 시골로 내려오는 한국 경찰 배치의 특성상, 대부분 무능력한 사람들인 경우가 많다.

"영 불안한데, 진짜 차라리 서울로 다시 올라오시는 건 어때요?"

"시골이 어때서?"

"하지만 여러 가지로 불편하시잖아요."

"그건 돈 없을 때의 이야기고, 돈 있으면 엄청 편해."

히죽 웃는 노문성.

'하긴 그렇겠지.'

아버지가 처음에 시골에 내려왔을 때 말도 안 되는 텃세를 부리려고 했던 사람이 있기는 했다.

하지만 노형진이 그걸 그냥 두고 볼 사람도 아니었고, 제대로 혼쭐을 내고 나자 누구도 아버지에게 텃세를 부리지 못했다.

"어딜 가나 보복이 무서우면 건드리지 못하는 법이지."

"아버지가 그런 말씀 하시니까 왠지 어색한데요?"

"뭐, 잘난 변호사 아들 뒀으니 이럴 때 써먹어야지 언제 써먹겠어?"

과일을 입에 넣으며 웃는 노문성.

"그런데 아버지, 진짜로 그렇게 개가 많이 죽었어요?"

"한 스무 마리쯤?"

"그런데 범인도 못 잡고요?"

"누군지 알아야지. 여기에 CCTV가 있는 것도 아니고 사실 재산상 가치가 높은 것도 아니고."

"하긴 그렇겠네요."

개들이 또 하나의 가족이니 반려니 하지만 법적으로 보자면 개는 그저 짐승이고 재산으로 취급된다.

그러니 그 가치가 높지 않은 데다가, 이런 시골에서 자라는 개들은 순혈종이 아니라 대부분은 잡종이라고 하는 똥개

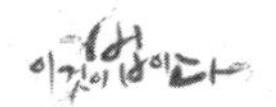

들이다.

그렇다 보니 소송에 들어가도 그 가치는 50만 원을 넘기 힘들다.

"그러니 경찰이 제대로 수사를 안 할 수밖에."

"쩝."

노형진은 입맛을 다셨다.

"그런데 어떤 미친놈이 그렇게 개를 집요하게 죽이는 건지 모르겠네."

어머니는 걱정스러운 표정으로 말했다.

노형진은 고개를 갸웃했다.

"개를 강제로 데려가는 게 아니라 죽이기만 한다는 걸 보니 개장수는 아닌 것 같은데."

그리고 요즘 같은 시대에 보신탕을 먹겠다고 다른 사람의 개를 죽이는 사람이 얼마나 되겠는가?

설사 죽인다고 해도 목적이 개고기라면 개의 사체를 가지고 가지 그냥 두고 가지는 않는다.

"그냥 죽여요?"

"그래, 방법도 별의별 걸 다 쓰더구나."

가장 많이 쓰는 방법은 독약이 들어 있는 고기를 개들 앞에 던져 주는 것이다.

시골의 개들은 대부분 사료가 아니라 잔반 같은 걸 먹는다. 그렇다 보니 이런저런 걸 다 집어 먹는 편이다.

그래서 그걸 의심 없이 먹고 죽는 것이다.

"네? 그런 놈이 있어요?"

"그러니까. 아니, 그건 기본이고, 끌고 가서 두들겨 패서 죽인 경우도 있다니까."

"허?"

시골의 개들은 보통 사람들에게 친화적인 경우가 많다.

그래서 사람들이 다가오면 적대하기보다는 꼬리를 흔들면서 반긴다.

그런 경우에는 다른 곳으로 슬쩍 데려가는 것도 어렵지 않다.

"끌고 가서 죽이고 뭐 다른 걸 한 것도 아니고요?"

"그냥 죽이고는 길바닥에 버렸다더구나."

"별 미친놈들이 다 있네요."

노형진은 혀를 끌끌 찼다.

"동물 학대범 같네요."

"동물 학대범?"

"네. 그런 놈들이 있어요. 동물을 괴롭히는 놈들요. 그런 놈들은 자기보다 약한 동물을 죽이면서 즐거움을 느끼거든요."

"어머, 어머."

어머니는 질렸다는 듯 눈을 찌푸렸다.

"어찌 되었건 이 근방에서 개들이 그렇게 죽었으니 좀 불안하기는 하구나."

"일단 우리 개들은 바깥으로 보내지 마세요. 혹시 모르니까요."

"알았다."

"이런 건 경찰이 알아서 잡아야 하는데."

노형진은 혀를 끌끌 차면서 고개를 흔들었다.

경찰의 무능에는 저절로 한숨이 나올 뿐이었다.

⚖

그러한 애견들의 사망 사건은 사실 노형진이 그다지 신경을 쓸 만한 게 아니었다.

물론 당한 사람은 슬프겠지만 그것보다 훨씬 중요한 사건들이 있었기 때문이다.

그래서 그 사건은 노형진의 기억 속에서 사라져 갔다.

새해가 되고 구정에 다시 집에 갔을 때까지는 말이다.

"다 죽었다고요?"

"그래. 집안에서 기르는 개들 빼고는 다 죽었다는구나."

"경찰은요?"

"수사 중이라고 말만 하지."

"수사 중은 개뿔."

노형진이 피식 웃자 노현아 역시 머리를 절레절레 흔들었다.

"수사한다는 인간들이 이 근처에 한 번도 안 왔더라."

"그 사람들 입장에서는 그냥 개 새끼 몇 마리일 뿐이니까."

노형진은 혀를 끌끌 차면서 말했다.

그들 입장에서는 어차피 잡범밖에 되지 않는 범인을 추적하기가 귀찮은 거다.

"이것도 재물 손괴로 봐야 하지 않아?"

"그래도 가치가 얼마 안 되니까."

"하지만 한두 마리도 아니고 온 동네 개들이 다 죽었는데?"

"그건 그런데……."

아무리 개들의 가치가 낮다고 해도 정신적 위자료를 생각하면 마리당 50만 원의 가격은 맞춰야 한다.

"개들이 얼마나 죽었는데요?"

"한 서른 마리쯤 죽었지, 아마?"

노문성은 대충 세어 보다가는 고개를 주억거리며 말했다.

"그러면 대략 1,500만 원인데. 그거 절대 작은 금액은 아닌데?"

"하지만 개개인으로 보면 작은 사건이잖아."

"그렇기는 하지."

노형진은 혀를 끌끌 찼다.

"아무래도 제가 한번 가 봐야겠는데요."

"어디? 경찰?"

"어. 제대로 일도 안 하는 것 같은데, 가서 한 소리 해야지."

"아이구야, 네가 경찰서에 가면 거기 곡소리 난다."

이 지역 경찰은 노형진과 몇 번 부딪쳤다.

슬쩍 이 지역 이권을 가진 이장이나 권력자들을 편들어 주려다가 혼쭐이 났으니까.

"그러니까 내가 가 봐야지. 뭐, 작살낼 정도는 아니지만 가서 살짝 겁을 줘야 제대로 일하지 않겠어? 상황이 이러면 우리 뽀삐랑 예삐도 언제 당할지 모르는데."

"그건 그러네."

노현아는 고개를 끄덕거리면서 피식 웃었다.

"너는 어떻게 명절에 와서도 일할 생각을 하니?"

"아니, 이건 일이라기보다는…… 아니, 일 맞나?"

노형진은 자신도 모르게 입맛을 다실 수밖에 없었다.

⚖

"강중식 형사입니다."

노형진은 담당 경찰을 만나러 갔다.

사실 간단하게 뭐라고 하고 제대로 순찰을 하든가 해서 범인을 잡아 달라고 할 생각이었다.

그런데 그곳에서 들은 소리는 예상과는 좀 달랐다.

"선배님들에게서 많이 들었습니다. 노문성 씨 아드님이라고요?"

"네. 뭐 무슨 소리를 들었는지 모르겠네요, 하하하."

"수틀리면 다 뒤집는다고요."

웃으며 던지는 강중식의 말에 노형식은 슬쩍 시선을 돌렸다.

지금도 살짝 뒤집을까 하고 온 건 사실이니까.

그는 진상은 아니지만 제대로 일하기 싫어하는 사람은 경찰로 인정하지 않는다.

"그렇잖아도 며칠 전에 노문성 씨가 왔다 갔습니다. 저희도 노력을 하고 있기는 한데 쉽지 않네요."

"그 개들을 죽이는 놈이 누군지 알 수가 없다는 말씀이신가요?"

"네. 그런 짓을 할 이유도 없고요, 그 지역에서 그런 행동을 할 사람도 없고요. 거기에다 CCTV도 없으니까요. 더군다나 지금 죽은 게 벌써 몇 마리인지……."

"한 서른 마리쯤 된다던데요?"

"서른요? 삼백 마리는 될 겁니다. 드러난 것만요."

"네?"

노형진은 고개를 갸웃했다. 그건 불가능하니까.

"아니, 그게 가능한가요? 그 지역에 사는 인구가 삼백 명이 안 되는데요."

아버지가 낙향한 곳은 사람들이 적게 사는 곳이다.

인구는 이백 명 좀 넘는 수준이다.

그런데 거기서 개가 삼백 마리나 죽을 수 있었을 리가 없다.

"다 알고 오신 거 아니었습니까?"

"다 알고 와요? 뭘요?"

"옆에 있는 도시가 난리가 났습니다. 그런데 거기가 저희 관할이라……."

"난리요?"

"모르시는군요. 개들을 죽이는 놈들이 한두 놈이 아니에요. 패거리입니다."

"네? 패거리요?"

노형진은 더 어이가 없었다.

어떤 미친놈들이 몰려다니기까지 하면서 개들을 죽인단 말인가?

"지금 그 도시에서도 주인 있는 개들이 엄청나게 죽였습니다. 그냥 개가 보이면 족족 다 죽여요."

"다 죽인다고요?"

"네, 떠돌이 개뿐만 아니라 애완견까지, 보이는 대로 다 죽입니다."

머리를 북북 긁는 강중식.

"그래서 경찰들이 그쪽으로 다 매달려 있어요."

"아니, 이게 도대체 뭔 상황입니까?"

개들을 싫어하고 괴롭히는 미친놈은 있을 수 있다.

그런데 그런 놈이 여럿이라고?

그것도 부족해서, 뭉쳐 다니면서 죽인다고?

"동물 학대범들은 확인해 보셨습니까?"

"이미 확인해 봤지요. 하지만 이런 시골에서 동물 학대로 신고하는 사람도 없고……."

어깨를 으쓱하는 강중식.

"그놈들도 아주 작정하고 그러고 다니는지라……."

"작정하고?"

"네, 마스크에 모자에 선글라스까지 쓰고 다녀요. 오토바이를 타고 개를 날치기해 간다니까요."

"네?"

"요즘 작은 개들은 안고 다니지 않습니까?"

그런데 오토바이를 타고 가던 놈들이 그 개를 날치기해서 도망갔다는 것.

"지갑이 아니라 개를요?"

"네. 그리고 죽였어요. 개 사체도 찾았고요. 이 새끼들이 완전 제정신이 아니라니까요."

"도무지 상황이 이해가 안 가네요."

노형진은 머리를 긁적거렸다.

"그렇게 애완동물들을 다 죽이고 다니는 놈들은 처음 봤네요."

"애완동물요?"

"네. 방금 그렇게 죽이고 다닌다고 하지 않으셨습니까?"

"아니요. 개만요."

"그건 또 뭔 소리입니까?"

"개만 죽여요, 개만."

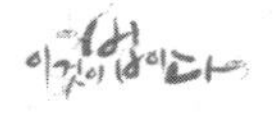

노형진은 헛웃음만 나왔다.

⚖

"개만 죽인다고?"

"그렇다네요."

노형진은 아무리 생각해도 이해가 안 간다는 듯 머리를 긁적거렸다.

아무리 생각해도 그런 미친놈들이 있다는 이야기는 들어본 적이 없으니까.

"그래서 우리 동네 개들도 그놈들 짓이라고 하니?"

"네. 지금은 도시 쪽에서 그러고 다닌다고 하더라고요."

"그래서 경찰이 이쪽에 안 온 거군."

노문성은 고개를 끄덕거리며 말했다.

도시에서 그런 일이 자꾸 벌어지면 경찰은 도시를 먼저 조사할 수밖에 없다.

그때 노현아가 이해가 가지 않는다는 표정으로 물었다.

"그런데 왜 개만 죽인대?"

"나야 모르지."

모든 범죄에는 이유가 있기 마련이다.

보통은 돈이나 감정의 문제다.

"하지만 이건 돈의 문제는 아니야."

그렇게 빼앗은 개를 죽이기는 하지만 먹거나 팔지는 않는다.

그러면 남은 건 감정의 문제인데…….

"물론 개를 싫어하는 개인은 얼마든지 있을 수 있어. 하지만 그들이 집단을 이룰 가능성은 무척이나 낮아. 당연히 그런 이들이 모여서 개들을 무차별적으로 도살할 가능성은 더 낮지. 여러모로 사건이 말이 안 되는데?"

그렇게 중얼거리며 노형진이 인상을 찡그리자, 노현아가 느닷없이 앓는 소리를 냈다.

"아이고, 난리 났네."

"뭐가?"

"네 표정을 보니 이거 해결 못 하면 잠 못 자게 생겼구나?"

노형진은 머리를 벅벅 긁었다.

노현아의 말이 맞다.

너무 특이한 사건이다 보니 도무지 머릿속에서 사라지지 않았다.

"구정에 쉰다고 내려온 거 아니었니?"

"아니, 그러기는 했는데 이거 겁나 궁금해지네."

"아이고, 누구를 닮아서 이렇게 오지랖인지."

어머니가 헛기침을 하면서 노려보자, 노문성은 그녀의 시선에 헛기침을 하면서 고개를 돌렸다.

"그래서 좀 알아볼까 하고."

"쉴 때는 좀 쉬지?"

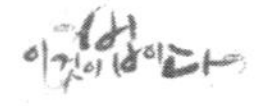

"쉬는 와중에 약간의 두뇌 유희 같은 거랄까?"
"나는 이해 못 하겠다."
노현아는 고개를 절레절레 흔들었고 노형진은 그녀의 말에 그저 웃을 뿐이었다.

⚖

"도와주신다고 하니 감사하기는 한데요, 아시겠지만 그렇다고 제가 어떻게 해 드릴 일이 없네요."
표창을 주거나 공식적으로 말을 할 수도 없는 상황이다.
그렇다 보니 강중식은 미안한 얼굴이 되었다.
"아, 괜찮습니다. 사건이 궁금해서 그래요, 진짜로."
노형진은 눈을 반짝거렸다. 이렇게 특이한 사건은 처음이니까.
"이건 비밀입니다. 이거 위에서 알면 저 징계받아요."
"네, 암요."
강중식은 길게 한숨을 쉬면서 수사 자료를 꺼냈다.
원래는 이런 걸 주면 안 되지만 도무지 답이 안 보였다.
위에서는 해결하라고 난리를 치는데 방법이 없었다.
"그런데 다른 분들은 안 도와주십니까?"
"그게 제가 새로 온 사람이라…… 아시죠?"
그렇게 말하며 강중식이 슬쩍 눈짓을 했다. 노형진은 사정을 알겠다는 듯 고개를 끄덕였다.

"아아, 하긴 어딜 가나 텃세가 심각한 문제죠. 특히 이런 지역은 더더욱 그렇지요."

시골의 텃세가 마을에만 있는 게 아니다.

시골은 마을과 관공서가 하나의 커넥션으로 묶여 있는 경우가 많기 때문에 당연히 관공서에도 텃세가 있다.

특히나 경찰 같은 경우는, 내부에서 지역 주민의 범죄를 은닉해 주는 경우가 많은데 새로 온 사람은 그 규칙에 반하려고 하는 경우가 많기 때문에 알게 모르게 신입에게 텃세를 많이 부린다.

"그래서 이제 저 혼자 수사하고 있습니다. 애초에 중요 사건도 아니고."

"하긴, 이러나저러나 개일 뿐이니까요."

숫자가 많기는 하지만 결국 피해는 개다.

다른 강도나 도둑 사건도 많은데 고작 개 몇 마리는 경찰들에게 실적도 안 되는 짐일 뿐이다.

"하지만 그래도 저는 이 사건이 궁금하네요."

"별거 없습니다."

증인은 대부분 없었다.

노형진이 아버지와 어머니에게 들었던 것처럼 가장 많이 쓰는 방식은 독극물이 들어 있는 먹이를 개들에게 먹이는 것이다.

정원 안쪽에 있는 개들은 그런 방식으로 많이 처리한다.

다른 방식은, 전에 말한 것처럼 작은 개들은 날치기해서 가서 패 죽인다.

"들개 같은 경우는 묶어서 두들겨 패서 죽이더군요."

"들개요?"

"유기견들이 제법 많지 않습니까?"

"그건 그렇지요."

동물을 사랑한다, 반려견이다 어쩌고저쩌고하지만 상당수의 사람들이 애완동물이 나이를 먹어 흉해지고 키우기 힘들어지면 그냥 가져다 버린다.

그런 유기 장소 중 하나가 바로 시골이다.

"그런 유기견들은 아주 그냥 대놓고 두들겨 패고요."

"오토바이는요?"

"훔친 겁니다."

"추적이 힘들겠네요."

"아무래도요."

"CCTV는요?"

"이게 답니다."

촬영된 영상은 세 개뿐이었다.

"개를 낚아채어 도주하는 중에 찍힌 겁니다."

그들의 품에 보이는 것은 하얀색의 말티즈였다.

"피해자는 초등학교 3학년 여자애구요."

"애가 데리고 있는 걸 낚아채 갔다고요?"

"네."

당연히 여자아이는 반쯤 혼이 나가서 제대로 된 진술을 못 했다.

주변 사람들도 그다지 기억하는 게 없었고 말이다.

"흠……."

노형진은 오토바이가 지나가는 장면을 계속 살펴보았다.

하지만 그들을 알아볼 수 있는 방법이 없었다.

겨울이기 때문에 두꺼운 옷을 입고 있는 데다가 헬멧을 쓰고 장갑까지 끼고 있었다.

"이 옷은요?"

"시장에서 파는 싸구려 잠바입니다. 판 사람은 기억 못 하고요. 이런 지역에서는 워낙 흔하게 나가는 잠바인지라."

"헬멧도요?"

"오토바이와 함께 절도된 겁니다."

"와, 미친놈들이네, 진짜."

이 정도면 아주 치밀하게 준비한 범죄다.

그런데 그렇게 치밀하게 범죄를 준비해서 하는 일이 고작 개들을 죽이는 거라고?

"그러니까요. 지갑을 낚아채는 소매치기라면 이해라도 해요. 그런데 그것도 아닙니다. 오로지 개만 노려요, 개만."

강중식은 긴 한숨을 쉬며 말했다.

"이건 저보다 더 잘 알 만한 사람이 있네요."
노형진은 연휴지만 도움을 청할 사람을 알고 있었다.

-개요?
"네. 물론 연휴를 보내고 있는 건 알고 있지만 고견을 부탁드립니다, 소라 씨."
-어, 프로파일은 보통 살인자의 심리를 연구해서, 개 도둑은…….
김소라는 당황했다.
명절에 자신에게 전화해서 도와 달라고 하는 건 그럴 수도 있다 싶지만 사안이 문제였다.
-하지만 사건 자체가 상당히 흥미롭기는 하네요.
"그렇지요? 다른 동물은 전혀 손도 안 댑니다. 이 지역에 떠돌이 고양이도 있어요. 사실 개보다 고양이가 더 많아요. 그런데 굳이 개만 노리더군요."
-사이코패스는 아닌 것 같네요. 사이코패스라면 특정 동물만 노리지는 않을 테니까요.
"제 생각도 그렇습니다."
노형진은 처음에는 사이코패스가 아닐까 생각했다.
일반적으로 사이코패스들은 동물들을 죽이는 데에서 시작

해서 사람으로 넘어가는 패턴이 많으니까.

"하지만 이들은 오로지 개만 노리고 있어요. 사이코패스 같은 모습은 안 보입니다. 집단을 이루고 극도로 조심하고 있지만, 또 자신들을 철저하게 감추려고 하지는 않습니다."

사이코패스들이 자신들을 감추려고 하는 것과는 좀 다른 모습.

—금전이 문제가 아니라면 남은 건 원한이나 신념인데요.

"하지만 개라는 존재에 대해 원한을 가질 만한 이유가 있을까요?"

물론 지나가던 개한테 물리거나 해서 트라우마가 있을 수는 있다.

하지만 개한테 트라우마가 남았다고 해서 개를 죽이기 시작한다?

"더군다나 한 명도 아니고 여러 명이에요."

—몇 명인데요?

"지금 드러난 건 세 명입니다. 더 있을 수도 있고요. 확실한 건 세 명."

—와, 무슨 사건이…… 흠…….

"완전 신기한 사건 아닙니까?"

—신기하기는 하네요. 이런 형태라면 대략적으로 보면 신념적인 행동이라는 건데, 아니 어떤 미친놈들이 개를 죽이는 것에 대한 신념을 가진대요?

"그렇지요? 그래서 혹시, 정보가 있을까요?"

—피해자가, 아니 피해견이네요. 피해견에 대한 분석을 할 수 있는 기술이 없으니…… 호호호.

김소라는 어색하게 웃었다.

노형진도 알았다는 듯 웃음으로 답했다.

"그래도 그나마 나온 게 신념형 범죄자라는 거지요?"

—네. 뭐, 그게 왜 이딴 식인지는 모르겠지만요.

"감사합니다."

노형진은 전화를 끊었다.

옆에서 듣고 있던 강중식이 눈을 찌푸리며 물었다.

"신념요? 개를 죽이는 게요?"

"네, 그런 것 같다네요."

"아니, 개들이 무슨 세계를 멸망이라도 시킨답니까? 뭐 그딴 신념을 다 가진답니까?"

"저도 모르지요."

노형진은 어깨를 으쓱했다.

"하지만 그런 신념이 있을지도 모르잖아요."

"그럴 리가요."

"세상일은 모르는 법입니다. 이렇게 개 혐오라고 쓰면 인터넷에 진짜로 나올…… 어?"

노형진은 반쯤 장난삼아서 핸드폰을 검색했을 뿐인데 연관 검색어에 생각지도 못한 게 떴다.

"왜 그러십니까?"

"아니, 이상한 게 떠서요."

"이상한 거라니요?"

"개 혐오라는 것에 대해 검색했는데 이슬람이 뜨네요."

"이슬람?"

"네."

"그건 종교잖습니까? 그거랑 개 혐오가 무슨 관련이 있다는 겁니까? 이슬람에서 돼지고기를 안 먹는다는 것 정도는 저도 듣기는 했습니다만."

강중식은 고개를 갸웃했다.

이슬람과 개의 연관성은 전혀 모르는 사항이니까.

"그러니까요. 우리가 모르는 뭔가가 있나 본데요?"

노형진은 고개를 갸웃하면서 그와 관련된 사항을 찾은 뒤 읽기 시작했다.

"이슬람은 전통적으로 개를 혐오한다고 하네요. 악마의 종자로 볼 정도랍니다."

"네? 그 정도입니까?"

"네. 이란에서는 개를 데리고 다니면 벌금을 물릴 정도로 혐오한답니다. 영국에서는 이슬람 단체들이 개를 데리고 다니지 말라고 전단지를 뿌린 사건도 있고요."

"아니, 왜요?"

"글쎄요. 보통 이런 경우는 결국 종교적인 원인이 있다는 건데. 애초에 이슬람이라는 게 종교니까요. 그러면 교리인 걸까요?"

노형진은 관련된 정보를 다시 찾기 시작했다.

그리고 얼마 지나지 않아 심각한 얼굴이 되었다.

"이거 생각보다 심각하군요."

"심각해요? 왜요? 고작 개 아닙니까?"

"고작 개이기는 합니다만……."

노형진은 긴 한숨을 쉬면서 핸드폰을 내밀었다.

"여기 이 뉴스에 따르면, 이슬람이 많은 유럽 지역에서는 개를 데리고 다녔다는 이유 하나만으로 여성이 집단 폭행당한 경우도 있다고 합니다."

"네에?"

"개가 있는 집에는 천사가 찾아오지 않는다, 개는 부정하다. 이슬람에서 개를 극단적인 악으로 표현하는 문구네요. 보통 시아파 쪽에서 그러는 것 같은데……."

노형진은 계속 휙휙 자료를 넘겼다.

"이 자료대로라면 이슬람에서 개를 키우는 것은 어마어마한 불경이네요. 개가 있던 공간은 부정하고, 특히 검은 개는 악마랍니다. 흠, 그런데 이용 목적이 있는 개는 괜찮다네요. 그러니까 양치기 개 같은 경우 말이지요."

쉽게 말해서 애완견은 악마니까 무조건 죽여야 한다는 게 이슬람의 교리였다.

"애완견이라……. 한국에서 양치기 개같이 특수 목적으로 키우는 개가 얼마나 되겠습니까?"

"그거야 뭐……."

특히 이런 동네는 100% 애완견이라고 봐야 한다.

물론 일부 식용 목적도 있겠지만.

"아니, 그러니까 이슬람 교리에 맞지 않아서 죽인다고요?"

"물론 이번 사건이 이슬람 교리에 따른 이슬람 신자의 범죄인지 아직 확신할 수는 없습니다."

노형진은 어깨를 으쓱했다.

"하지만 제 경험상, 종교적인 세뇌가 들어가면 사람은 미쳐버리는 경우가 많습니다. 더군다나 사례가 진짜로 있고요."

유럽 쪽은 이슬람 신자들이 많다.

난민들을 받아들이면서 그 숫자가 갑자기 폭증한 것이다.

"그 이후에 그들은 이슬람 교리를 강제하면서 폭력 행위를 대놓고 했습니다. 한국에서도 샤리아를 따르지 않는다는 이유로 다른 신자들을 폭행한 사건이 있었고요."

노형진은 분명 그런 사건을 맡은 적이 있었다.

스스로 샤리아 경찰이라 주장하면서 주민들에게 코란을 강요하며 다니다가 노형진에게 털린 놈이 있었다.

"이렇게 폭행까지 벌어지는데 개 혐오 때문에 개를 죽이는 거야 뭐 어려운 일이 아니지요."

"신념적 사건이라……."

"그렇게 보면 신념적 사건이 맞습니다. 그들은 이슬람에 근본을 두고 지금 이 행동을 하는 거니까요."

실제로 IS가 한 지역을 점령하면 가장 먼저 하는 것 중 하나가 바로 그 지역에 있는 개들을 모조리 잡아다가 죽이는 것이다.

"처음에는 웃겼는데 자세히 들어 보니 좀 무섭네요."

"무서운 거지요. 생각해 보세요. 지금은 개입니다. 하지만 그다음에 사람이 될지 어떻게 압니까? 범죄는 성장합니다. 특히나 신념적 범죄자들은 그 신념에 점점 매몰됩니다."

그리고 그 신념에 매몰된 자들은 다른 가치는 무가치하게 느끼기 시작한다.

"지금은 개가 혐오 대상이니 개를 죽이지요. 하지만 그다음에는 다른 종교인이나 여성이 될 수도 있습니다."

"가능하면 빨리 잡아야겠군요."

"그래야지요. 물론 그들이 무슬림이라는 증거는 없지만……."

노형진은 잠깐 말을 멈췄다가 계속 이어 갔다.

"좀 많이 의심스럽기는 하군요."

⚖

한국은 다른 나라보다 이슬람을 믿는 사람들이 많지 않다. 일단 이슬람 국가에서 오는 거리가 멀고 또 한국이 영어가 아니라 한국어를 써서 익숙해지는 게 어렵기 때문이다.

하지만 그렇다고 해서 아예 없는 것은 아니다.

적지 않은 수의 이슬람 신자들이 있고 그들이 예배를 보는 곳이 있다.

"하지만 자생적으로 이슬람 신자가 된 사람은 아닐 겁니다."

노형진은 지도를 보면서 말했다.

"자생적으로라는 게 무슨 소리인가요?"

"음, 한국에서 자라고 한국에서 생활하다가 이슬람 신도가 된 사람요."

"네? 그런 사람이 많아요?"

"없지는 않지요."

노형진은 지도를 보면서 말했다.

"어찌 되었건 한국은 종교의 자유가 있는 나라니까요. 하지만 한국에서 나고 자란 신자들은 이런 극단론에 빠지는 경우가 많지 않습니다."

아무래도 이슬람의 교리는 현대의 상식과 부딪히는 부분이 많기 때문이다.

가령 극단적인 여성 비하 같은 것 말이다.

"하지만 가끔 그런 놈들이 있다고 하던데요? 그 뭐냐……."

"자생적 이슬람 테러리스트 말씀이시군요."

"아, 맞네. 네, 그놈들요."

"이건 테러가 아닙니다. 테러로 보기는 애매하지요. 그리고 그런 자생적 테러리스트 같은 경우는 극단적인 증오를 가지고 있습니다. 고작 개로 만족하지는 않습니다."

유럽에서 가장 문제가 되는 것 중의 하나가 바로 자생적 테러리스트다.

어찌 되었건 이슬람은 유럽 사회에서 비주류이고 문화적으로 교육을 극도로 혐오하다 보니 그 사회에서 살던 아이들이 유럽의 주류 문화에 편입하지 못하고 비주류로 성장하면서 극단적 증오만 가지고 세상을 미워하게 된 게 바로 자생적 테러리스트다.

"그런데 말이지요, 현실적으로 보면 한국에서는 그런 극단적 테러리스트가 성장하기 쉽지 않습니다."

한국에 그런 사회적 비주류가 없다는 것은 아니다.

하지만 사회적으로 이슬람이 별로 없는 문화 덕에 그들이 개개인으로 미쳐서 범죄를 저지를지언정 사회적으로 IS 같은 조직에 들어가는 게 쉽지는 않다.

"어찌 되었건 한국은 치안이 좋은 나라 중 하나니까요."

"그러면 노 변호사님 생각은 이런 범죄를 저지르는 놈들이 외부에서 왔다는 겁니까?"

"아마도 그럴 겁니다."

노형진은 다시 한번 지도로 눈을 돌리고는 뚫어지게 바라보았다.

"이 지역에는 공장이 많지요. 외국인 노동자도 많고요."

“하지만 그들이 다 범죄자는 아닌데요. 멀쩡하게 일하는 사람도 많습니다.”

“압니다. 하지만 원래 하천의 물은 미꾸라지 한 마리가 흐린다고 하지 않습니까?”

지난번에도 그랬다.

샤리아 경찰을 자청하면서 지역을 통제하려고 했던 놈들은 자기들이 이슬람의 첨병이라고 생각했다.

“일을 못한다는 게 아닙니다. 사실 노동의 문제는 그 사람의 종교적 관점과는 다를 수도 있습니다. 사람은 참 좋아 보여도 그가 종교적으로 비정상적일 수도 있거든요.”

“그러면 회사는 멀쩡하게 다니면서 종교적으로 개가 불경하니까 죽인다 이건가요?”

“그렇습니다.”

“아니, 왜요? 그냥 눈만 조금 찡그리면 되는 걸.”

굳이 시간까지 내 가면서 범죄를 저지른다는 것이 강중식은 이해가 가지 않았다.

“글쎄요. 속죄 아닐까요?”

“속죄요?”

“네.”

노형진은 고개를 끄덕거렸다.

“한국은 이슬람 문화권이 아닙니다. 당연히 모든 사이클은 한국 사람 기준으로 맞춰 있지요. 그런데 이슬람 문화에서는 나름의 규칙이 있습니다. 음, 예를 들어 보지요. 이슬람 문화권에서는 하루에 다섯 번 기도를 합니다. 그걸 살라트라고 하지요. 그런데 그 기도 시간이 얼마나 걸릴까요?"

"아무리 못해도 20분은 걸리겠지요."

근무시간 중에는 세 번, 그러니까 한 시간이다.

준비 시간까지 합하면 당연히 더 걸릴 테고 말이다.

일단 기도하기 전에 손과 발을 씻어야 하고 그다음에 코란 1장을 외우고 메카를 향해 절을 한다.

"더군다나 금요일에는 합동 예배에 가야 하는 것으로 알고 있습니다."

"확실히 한국에서는 곤란하겠네요."

일단 근무시간과 기도 시간이 겹치니 그것에 대해 양해를 못 구하면 넘어가야 하는데, 그걸 양해해 주는 사장이 사실 많지는 않다. 하루에 한 시간씩 빠지는 셈이니까.

"더군다나 금요일은 통째로 빼야 하니까요."

말이 주 5일제이지 이런 공장은 '월화수목금금금'인 경우가 많다.

설사 주 5일을 한다고 해도, 결국 금요일에 예배는 못 간다.

그걸 다 인정해 주면 사장이 거의 이틀을 빼 주는 셈이 된다.

월요일부터 목요일까지 하루에 한 시간씩 총 다섯 시간과 금요일 하루.

그러니 대부분 인정해 주지 않는다.

"그것에 대한 속죄로군요."

"예를 들면 그렇습니다. 어떤 영화에서 지옥에 가기로 되어 있는 사람이 천국으로 가기 위해 악마를 잡으면서 속죄하지요? 그런 거랑 같은 거라고 보시면 되겠네요."

"아, 그 영화! 뭔지 알 것 같습니다! 그 말을 들으니 한 번에 이해가 가네요!"

고개를 끄덕거리는 강중식.

종교에서 그러한 속죄라는 것은 중요한 취급을 받는다.

오죽하면 과거에는 면죄부라는 이름으로 돈을 받고 팔기도 했을 정도다.

"중요한 건 사후 세계니까요."

사후 세계의 비중을 높일수록 현실의 가치는 낮아지고, 그럴수록 사람들을 종교적으로 통제하기 쉬워진다.

실제로 많은 종교들이 그런 식으로 사람을 통제하고 그걸 이용해서 사람들에게서 뭔가를 뜯어내려고 한다.

"그런데 여기는 이슬람 사원이 없는데요."

"이슬람 사원이 없다고 해서 이슬람 신자도 없으리란 법은 없지요."

새로 공장이 생기면 수많은 노동자들이 유입된다. 그중에 이슬람 종교권 출신의 사람들이 섞여 있는 것은 그다지 이상할 것도 없는 일이다.

물론 중국계 사람들이 더 많기는 하지만, 이슬람권 역시 적지 않은 숫자의 사람들이 들어온다.

“일단 그쪽으로 가서 알아봐야겠군요.”

강중식은 자리에서 일어나며 말했다.

“그런데 괜찮으시겠습니까?”

“뭐가요?”

“아무래도 안전 같은 게 문제가 될 수도 있는데요.”

노형진이 팔을 위로 올려서 접으면서 알통을 보여 줬다.

“저도 저 나름대로 지킬 힘은 있습니다. 그리고 별일은 없을 겁니다.”

노형진은 씩 웃으며 말했다.

개 같은 너희 인생

영세 공장이 모여 있는 공장단지.

그곳에는 적지 않은 숫자의 이슬람 신자들이 있었다.

"하지만 모든 이슬람 신자들이 극단적인 건 아닙니다. 일부가 극단적 성향을 가지지요."

"그래요? 그러면 중동 쪽에서 온 사람들을 찾아야 하나?"

강중식은 고개를 갸웃하면서 물었다.

그쪽에서 온 사람들을 찾을 수 있다면 쉽게 해결하게 될지도 모른다는 생각이 들었기 때문이다.

"아니요, 그럴 이유는 없습니다."

"네? 어째서요?"

"중동이 극단 이슬람이 판치기는 하지만 사실 중동에서 한국까지 오는 경우는 드뭅니다. 온다고 해도, 장기 체류는 더더욱 드물지요.”

“그런가요?”

“더군다나 이슬람은 종교입니다. 믿음은 어느 순간 갑자기 강해지기도 합니다.”

실제로 많은 자생적 테러범들은 과거에 그다지 이슬람에 심취하지 않았다. 어떤 경우는 아예 종교 자체가 이슬람교가 아니었다.

“그런데 어느 순간 그렇게 돌변하는 거지요.”

“설마 그 테러범이 한국에 입국한 거거나?”

강중식은 불안한 듯 말했다.

“그렇지 않다니까요. 그런 거라면 개를 죽이는 걸로 끝나지 않습니다. 여기 공장 지대입니다. 그런 곳에서 폭발물을 만들 재료를 못 구하겠습니까?”

“끄응, 결국 잡범은 잡범이라는 거네요.”

노형진은 고개를 끄덕거렸다.

“사건 자체는 재미있지만요.”

그러면서 빙긋 웃었다.

“그런데 어떻게 그들을 찾지요? 사실 얼굴 같은 게 드러나지 않아서요. 오토바이를 추적하자니, 그것도 어딘가에 감춰 둔 것 같은데요.”

오토바이도 좋은 것도 아니고 흔한 배달용 오토바이다.

거기에다 번호판도 없으니 작정하고 감췄다면 찾는 건 힘들다.

"그들이 전통을 따른다면, 우리도 전통을 추적하면 됩니다."

"네? 무슨 전통요?"

"개는 부정하니까요. 아, 물론 그들 입장에서는요."

노형진은 피식 웃으면서 말했다.

"그래서 제가 우리를 도와줄 친구를 데리고 왔지요. 우쭈쭈쭈."

노형진은 싱긋 웃으면서 이동장을 열었다.

"개 아닙니까?"

"네, 개입니다. 뽀삐죠. 사람을 너무 좋아해서 도둑도 못 잡는 애완견. 좋은 블랙 푸들입니다."

"아니, 이 애를 왜 데리고 와요?"

강중식은 어이가 없어서 물었다.

범인을 추적하는데 개가 무슨 소용이 있단 말인가?

하다못해 훈련이라도 되어 있으면 모를까, 쪼그만 강아지는 훈련은커녕 다 크지도 않은 것 같았다.

헥헥헥.

게다가 사람을 어찌나 잘 따르는지, 처음 보는 강중식에게 좋아서 덤벼들며 손을 침 범벅으로 만들고 있었다.

"에헤, 에헤. 그만해, 이 녀석아."

"사람을 너무 좋아합니다, 하하하."

"그건 알겠네요. 그런데 이 녀석이 어떻게 도움이 된다는 겁니까?"

"이슬람은 개를 혐오합니다. 특히나 검은 개는 더더욱 혐오하지요. 검은 개를 발견하는 즉시 죽이라고 할 정도로요."

일반 개가 악마쯤 된다면 검은 개는 악마의 대장군쯤으로 취급된다.

"그런데 그런 극단론자에게 검은 개가 접근하면 어떨까요?"

"어? 아하!"

누가 보더라도 작은 검은색 토이 푸들은 사람을 홀릴 정도로 예쁘게 생겼다.

아마도 여자들이라면 한 번이라도 만져 보겠다고 우르르 달려들지도 모른다.

"그렇지만 검은 개니까……."

"아, 극단론자들은 무척이나 꺼리겠군요."

물론 이슬람에서 개 자체를 꺼리니까 불편해할 수는 있다.

"하지만 불편해하는 것과 극단적으로 싫어하는 것은 전혀 다르지요."

노형진은 웃으며 말했다.

"그러니까 단순하게 그들에게 이 개를 보여 주면 됩니다."

"그렇게 단순하게요?"

"때로는 단순한 게 정답인 법이지요."

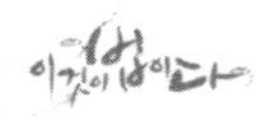

⚖

이슬람 신도들이 많은 공장을 찾는 것은 어렵지 않았다.

대부분이 영세 직장이기 때문에 인원도 많지 않았다.

“아이고, 귀엽다.”

사장들은 사정을 이야기하자 별말 하지 않았다. 다만 위험한 곳에는 들어가지 못하게 해 달라는 정도였다.

“우쭈쭈.”

“아이고, 이놈 애교 떠는 거 보게.”

개라는 짐승은 인간에게 매우 우호적이고 친밀하다. 특히나 작은 강아지라면 보호 본능을 일으킨다.

그리고 그건 인간이라면 보통 다 가지는 감정이다.

딱히 사이코패스가 아니라면 말이다.

“이슬람 신자인데 잘 만지네요?”

강중식은 신기하다는 듯 말했다.

듣기로는 분명 이슬람 신자라고 했다.

그런데 그들은 자연스럽게 개와 어울려서 놀고 있었고, 딱히 거부감도 보이지 않았다.

“개를 싫어하는 건 정확하게 말하면 시아파거든요.”

“네? 시아파요?”

“네, 이슬람 분파 중 하나입니다. 수니파보다는 좀 수적으로 적지만요.”

어찌 되었건 수니파는 개에 대한 혐오가 없다. 오로지 시아파만 그런 성향이 있다.

"같은 종교인데 해석이 그렇게 달라집니까?"

"코란에는 개에 대한 내용이 없습니다."

"네? 그게 무슨 말이지요? 지금까지 무슬림은 종교 문제라고……."

"그렇지요. 하지만 개에 관한 문제에 대한 정확한 내용은 코란에 없습니다. 가톨릭으로 치면 성경의 해석 문제라고 볼 수 있네요."

"으음……."

"《하디스》라고 하는 일종의 지침서에 나와 있는 내용이지요. 문제는…… 아시죠?"

모든 교회 종파가 성경을 자기들 마음대로 해석하듯이 《하디스》 역시 마찬가지라는 것이다.

똑같은 말인데 해석하는 사람이 곡해하는 경우도 많다.

가령 대표적인 예가, 예수님에게 죄를 고백하면 무조건 천국에 간다는 식의 곡해 말이다.

원래 예수는 원죄를 짊어진 거지 신자가 추후에 저지르는 죄까지 짊어진 게 아니다.

당연히 신자는 자신이 저지른 죄에 대해서 고백하고 사과하고 반성해야 한다.

그래야 천국에 간다는 거고.

하지만 일부 교회에서는 오로지 예수에게 고백만 하면 무조건 천국에 간다고 이야기한다.

물론 그 과정에서 적절한 돈을 목사에게 기부하라고 하지만. 실제로 성경 어디에도 그런 이야기는 없다.

결국 성경의 이야기는 하나지만 이단들은 그걸 곡해해서 사람들을 속이고 돈을 갈취한다.

기독교가 그런 행동을 하는 과거의 천주교에 대항해서 생긴 걸 생각하면 참으로 우스운 일이다.

"그리고 개에 관한 혐오를 주장한 《하디스》를 보는 게 시아파죠."

그렇다 보니 그런 내용이 없는 수니파는 상대적으로 그런 부분에서 좀 자유롭다.

"아, 그러면?"

"네. 시아파라면 검은색 개에 상당히 거부감을 보일 겁니다."

노형진은 그렇게 말하면서 자리에서 일어났다.

"여기는 아닌 것 같군요. 다른 곳으로 갈까요?"

그렇게 몇 곳의 공장을 돌고 나서, 노형진은 마침내 이상한 사람들을 찾을 수 있었다.

다른 사람들은 개와 놀고 있는데 거리를 두고 있는 이상한 사람들.

"저길 보세요."

노형진은 강중식의 옆구리를 툭 쳤다.

"저기 제일 멀리 있는 사람요."
"그가 이상한가요?"
"고의적으로 시선을 돌리고 있지 않습니까?"
"어라? 그러네요."
강중식은 그런 남자를 보고 눈이 커졌다.
확실히 의심스러웠다.
다른 사람들은 개한테서 눈을 떼지 못하고 있는데 그와 몇몇 사람들만 애써 시선을 돌리고 있었다.
"하지만 개가 부정하다고 하니 안 보려고 하는 걸 수도 있지 않습니까?"
"그건 그렇지요."
노형진은 그렇게 말하고는 고개를 끄덕거렸다.
"하지만 다른 걸로 확인할 수 있지요."
노형진은 웃으면서 강아지와 놀고 있는 사람들에게 다가갔다. 그리고 조용한 목소리로 물었다.
"혹시 저 사람들, 자주 씻는 편인가요?"
"네?"
함께 다가온 강중식은 어리둥절한 표정으로 노형진을 바라보았다.
직원들은 그런 노형진을 마치 미친놈 보듯 했고.
"누구슈?"
"아, 강중식 형사입니다."

노형진이 툭 치자 강중식은 자신의 신분증을 내밀었다.
"경찰? 경찰이 왜?"
"그러게요."
뜬금없이 자주 씻는 편이냐고 묻다니. 이해가 안 가는 강중식이었다.
하지만 이유가 있을 거라 생각한 그는 노형진의 질문을 이어 갔다.
"사건 관련해서 확인할 게 있어서 그럽니다. 혹시 저분들이 자주 씻는 편인가요?"
"아…… 음…… 자주 씻지."
"혹시 나갔다 오면 꼭 씻던가요?"
"뭐, 제법 깨끗한 친구들이더군. 다른 친구들은 그렇게 깔끔하지 않은데 말이야. 우리야 좋지."
고개를 끄덕거리는 직원들.
그리고 노형진은 그 말을 들으면서 얼굴에 미소를 떠올렸다.
"그렇게 씻을 때 제법 오래 씻고요?"
"그렇소만. 그런데 언제부터 씻는 게 불법이 된 거유?"
"아니요. 그건 아닙니다."
노형진은 그저 웃으며 거기서 벗어나 나왔고 강중식은 그런 그에게 다가와 물었다.
"씻는 게 뭐가 문제라고 그걸 물어보신 겁니까?"
"아, 다른 이슬람 규칙 때문입니다. 개한테 닿으면 일곱 번 씻으라고 하거든요."

"일곱 번이나요?"

"일종의 정화 작업이지요."

"정화 작업이라……. 아하, 그러네요."

만일 저들이 개를 죽인다면, 특히 직접적으로 죽인다면 저들은 개에게 닿을 수밖에 없다.

당연히 그들은 그걸 씻어 내야 한다.

단순히 피를 닦아 낸다는 개념이 아니라, 교리에 충실하게 일곱 번 씻는 것이다.

당연히 그 시간도 오래 걸릴 수밖에 없다.

"그리고 개를 계속 죽이고 다녔으니 자연스럽게 자주 씻을 수밖에 없지요."

그러나 사정을 모르는 이가 보기에는 몸을 자주 씻는 깨끗한 사람일 뿐이다.

"허, 그런 것까지 감안하신 겁니까?"

"재미있는 사건이라고 하지 않았습니까?"

노형진은 씩 웃으며 말했다.

"아마도 저들인 것 같군요."

다른 사람들과 다르게 혐오스러운 눈빛을 한 채 이쪽을 외면하고 있는 자들.

그들은 총 네 명이었다.

"그러면 잡아야 하는데…… 저들을 어떻게 잡지요?"

대충 특정되었지만 다짜고짜 잡을 수는 없는 노릇이다.

증거도 없고 증인도 없다.

그렇다고 개의 혈액을 가지고 유전자 검사를 할 수도 없는 노릇이고.

"오토바이라도 이 근처에 있으면 취조라도 해 보겠는데."

"이 근처에 둘 리가 없지요."

절도한 오토바이다.

그걸 가지고 있으면 취조가 들어올 테고 그런 경우에 다른 범죄가 드러날 수도 있는 일이기 때문에, 당연히 이 근처가 아니라 먼 곳에 둘 것이다.

"미끼를 던지지요."

"미끼를 던지자고요?"

"네. 저들은 개를 혐오합니다. 그런데 마침 저들이 딱 싫어하는 개가 있네요?"

헥헥거리면서 사람들에게 애교를 떨고 있는 검은색의 강아지.

"과연 저들이 저 강아지를 그냥 놔둘까요? 후후후."

노형진은 사장에게 사정을 이야기했다.

그리고 사장은 어렵지 않게 노형진의 부탁을 들어줬다. 그라고 해도 범죄자가 자기 회사에 있는 게 반갑지는 않으니까.

"이 개가 주인이 없다고 하니까 당분간은 우리 공장에서 키우기로 하지."

"이 개를요?"

"그래. 계속 있는 건 아니고 임보야, 임보."

"임보가 뭔가요?"

"임시 보호. 유기견 같으니 새 주인을 찾을 때까지만 데리고 있자고."

공장에는 그런 식으로 들어왔다가 아예 눌러사는 개들이 종종 있기 때문에 다들 별 의심을 하지 않고 고개를 끄덕거렸다.

더군다나 귀엽게 생긴 강아지가 있으니 확실히 공장에 생기가 도는 느낌이었다.

"좋은 생각입니다. 당분간은 우리가 보호하지요."

"난 주인이 안 나왔으면 좋겠네. 그냥 계속 우리가 키우게."

"아니, 내 딸이 찜했다."

"아니, 형님. 여기에 있지도 않은 형님 딸이 어떻게 찜을 합니까?"

키득거리는 사람들.

그들은 웃고 있었지만, 웃지 못하는 사람들도 있었다.

⚖

"조용, 조용."

컴컴한 밤. 어둠 속에 네 명의 사람들이 공장 바깥으로 다가왔다.

"검은색의 개는 악마다."

"죽여야 해!"

그들은 그렇게 말하면서 공장 뒤쪽으로 향했다.

다행히 거기에는 CCTV가 없었기에 사장은 공장이라도 지키라고 거기에 개집을 만들어 줬다.

"쉿!"

검은색의 악마는 바닥에 누워서 자고 있었다.

그 아래에는 오래된 천들이 깔려 있었다.

"이거 죽이면 문제 되는 거 아냐?"

"어차피 떠돌이야. 잠깐 짜증 부리다 말 거라고."

진짜 사 온 것도 아니고 임시 보호다.

"더군다나 이 주변에서 한두 마리 죽었어? 어차피 죽어 봐야 또 죽었네 소리밖에 더 나와? 도리어 이놈이 멀쩡하면 그게 더 의심받아."

"그런가?"

"그래. 무엇보다 악마의 종자는 죽여야 해."

선두에 선 남자는 그렇게 말하면서 각목을 꽉 쥐었다.

그리고 천천히, 자고 있는 강아지에게 다가갔다.

강아지가 잠이 깨서 움직이려고 하는 듯하자 그는 각목으로 강아지를 사정없이 후려쳤다.

퍼석.

"응?"

그렇게 강아지를 후려친 그는 손에서 느껴지는 이상한 느낌에 멈칫했다.

지금까지 수많은 개들을 죽였다.

그때마다 피육을 때리는 느낌이 있었다. 그런데 지금은 진짜 개가 아니라 무슨 털 뭉치를 때린 느낌이었다.

"이건 뭐야?"

다른 한 명이 뭔가 이상하다는 걸 알아채고는 라이트를 강아지에게 비췄다.

그들의 눈에 보인 것은 검은색 푸들이 아니라 검은색 실뭉치였다.

그 안에 이것저것 넣어서 개의 모양으로 만든 물건.

그 순간 사방에 불빛이 번쩍이며 숨어 있던 경찰들이 튀어나왔다.

"꼼짝 마! 움직이면 쏜다! 설마 개 죽인 걸로 죽고 싶지는 않겠지?"

예상치 못한 상황에 네 사람은 어벙한 표정이 되었다.

"어, 어떻게……?"

"어떻게는 뭘 어떻게야? 속임수지."

노형진이 경찰들 사이에서 나오면서 웃었다.

"내가 왜 굳이 검은색 푸들을 골랐는데?"

사실 개들은 많고 검은색 개도 흔하게 구할 수 있다.

그럼에도 불구하고 노형진이 검은색 푸들을 고른 이유는 그 특유의 모양 때문이었다.

"곱슬곱슬한 개털 때문에 웅크리고 잘 때는 진짜 털 뭉치처럼 보이거든."

노형진이 미친놈도 아니고, 범인을 잡기 위해 진짜 개를 죽게 할 생각은 없었다.

"이렇게 적당히 검은색 털 뭉치를 뭉쳐 두면 어둠 속에서는 진짜 개처럼 보이지."

노형진은 불이 켜진 뒷마당으로 와서는 털 뭉치를 들었다.

그러자 거기서 이런저런 조각들이 우수수 떨어져 내렸다.

"이이익!"

분노로 부들부들 떠는 네 사람.

"자, 친구들? 우리는 길게 이야기할 게 있을 것 같지?"

강중식은 씩 웃으면서 수갑을 꺼내 들었다.

⚖

"그래서 그 사람들은 추방되는 거야?"

"그럴 거야. 물론 그 전에 손해배상과 벌금으로, 번 돈을 모조리 털리겠지만."

노형진은 노현아에게 상황을 이야기해 주었다.

"아니, 이해가 안 간다. 종교적 이유로 개를 죽인다고?"
"종교가 끼면 인간을 이해한다는 게 더 이상한 거 아니야?"
"그런가?"
"그래. 어떻게 보면 개만도 못한 게 인간이니까."
노형진은 눈을 살짝 찡그리며 말했다.
"개만도 못한 게 인간이라. 그걸 부정 못 하니까 슬프네."
노현아는 마당에서 놀고 있는 아이들과 개를 바라보며 말했다.
"개판이네, 여러모로."

다음 권으로 이어집니다

ROK
MEDIA
로크미디어